極上パイロットに甘く身体《から》を搦めとられそうです

目次

極上パイロットに
甘く身体《から》を搦めとられそうです

1

冬が差し迫った十一月の週末。

私――熊谷京佳《くまがいきょうか》は、馴染《なじ》みの大衆居酒屋の、年季の入った木の引き戸をガラリと開けた。賑やかな話し声に交じり、「いらっしゃい！」と元気のいい女性スタッフの声が耳に飛び込んでくる。

「予約してる熊谷です」

「はーい！　お連れさまもういらっしゃってます！　上の奥の個室ですね」

自分の名前を告げると、別の席へ料理を運んでいる途中だったらしい彼女が、入り口すぐ横の階段を示して言った。

その先に二階席があることを、常連の私は知っている。

お礼を告げ、ギシギシと軋《きし》む階段をテンポよく上がっていく。その先の細い通路を行き止まりまで進み、扉代わりの簾《すだれ》を捲《まく》った。

「やっぱり氷上《ひかみ》だったかぁ」

一足先に、四人掛けのテーブル席にかけていたその人物――氷上葵《あおい》の顔を見て、私は笑い交じりに言った。

「俺も次に来るのは熊谷かなって思ってた」

彼のほうも私を見るなりふっと表情を緩ませて微笑《ほほえ》む。私は彼の正面の席に移動すると、トートバッグを椅子の背もたれに置いて座った。

「いつものパターンだもんね。私たちが早めに着いて、鈴村《すずむら》と田所《たどころ》が遅刻スレスレっていうの」

「田所に至っては、大遅刻っていうのも十分にあり得るしな」

「仕事とかちゃんとやれてんのかな。たまに本気で心配になる」

「わかる。ま、要領はいいからなんとかなってるんだろ」

席は十九時からの予約だ。スマホを見ると、待ち受けには十八時五十七分、と表示されている。これからやってくるだろうふたりの話をしながら、私たちは声を立てて笑い合った。

私と氷上、そして鈴村と田所は高校の同級生で、もう付き合いは十年以上になる。

高校卒業後、それぞれ違う大学や専門学校に進学しても付き合いは続き、日々他愛のない連絡を取り合いつつ、最低でも半年に一度は顔を合わせてお酒を飲む関係だ。

私以外の三人は男性だけど、グループ内で自分だけが異性であると意識する場面はほぼない。というのも、私自身が元来、単純でうそがつけない性格ということもあって、本音と建て前のある女性同士の友人関係に悩むことが多かった。加えて趣味嗜好《しこう》なども女性よりも男性と合致することが多く、話が盛り上がりやすいのだ。

もちろん女友達もゼロではないけれど、男友達には気を遣わなくていい分気が楽。取り分け、氷上たち三人の前では自然体でいられて、居心地がいい。

「なんだかんだ久しぶりだね、四人で飲むの」

直近で集まったときには桜が咲いていた気がする。そのときの光景を思い出して口にすると、氷上は首を捻《ひね》りながら笑った。

「って言っても、熊谷とは定期的に会ってるし、全然久しぶりって感じではないよな」

「私たちふたりはそうだよね。なんなら三週間前も会ってるか。ほら、映画観に」

三人のなかでも、氷上とは特に仲がいい。彼とは好きなものや面白いと思うコンテンツが似通っているので、個人的に誘い合って出かけることも多いのだ。

社会人になると、特定の友人と頻繁に会う機会がぐっと減る。にもかかわらず、なんだかんだ月に一度は会っている計算になる。

いわゆる『親友』になるのだろう。お互いに言葉で確認したことはないけれど、私はそう思っている。

「……だから新鮮味に欠けるなぁ、とか考えてる？」

まさか不満に思っているわけじゃないよね。そんな意思を込めてジト目で見つめてみると、氷上は「その目」とおかしそうに噴き出して緩く首を横に振った。

「そんなこと一言も言ってないだろ」

「顔に書いてある気がして」

「被害妄想だ」

なおも同じ目で氷上を凝視し続けてると、彼の笑いのツボに入ったらしい。「やめろ」と言いながら、喉奥を鳴らして楽しそうに笑っている。

——氷上って、本当にきれいな顔をしているよね。

彼の笑顔を眺めつつ、本人には気恥ずかしくて絶対に言えない言葉を、心のなかでしみじみとつぶやく。

彼の容姿のよさは、高校のころから光っていた。

ただでさえ身長は百八十センチを超えていて目立つのに、とにかく顔がイイのだ。真っ直ぐ伸びた凛々《りり》しい眉に、くっきりとした二重《ふたえ》の目、スッと伸びた鼻筋、薄めの形のいい唇。それらが、まるで芸能人みたいにキュッとした小顔にバランスよく配置されている。センターパートのマッシュウルフヘアも、緩くかかったパーマのニュアンスがセクシーで素敵だ。

スタイルだってよくて、手足が長い。今日も白いニットを膨張感なくサラッと着こなしている。

そういえば氷上は昔から白がよく似合っていたな、と、高校時代を思い出す。夏服のワイシャツの透《す》き通《とお》った白さは、彼の爽《さわ》やかなイメージを際立たせていたっけ。

「——でもまぁ、四人でってなってくると、予定も合わせづらくなるよな」

知らず知らずのうちに氷上に見とれていると、彼が話題を巻き戻した。

「私はいわゆる普通の会社員だから、土日はけっこう頑張れるけどさ」

保育園の運営会社で事務職をしている私は、よほどのことがない限り残業もなく、有休も取りやすい。

それに比べて——

「氷上の仕事はハードそうだよね」

「勤務中は、まあそうだな」

類《たぐい》まれな優れた容姿を持つこの男の仕事は、なんと航空会社のパイロット。少し前、副操縦士になったと聞いた。

あまり航空会社のあれこれには詳しくないけれど、勉強のできた氷上は一流私大を卒業したあと航空大学校というパイロット養成機関に入学。卒業時に資格を得て、『日《ひ》ノ和《わ》航空』という日本を代表する大手航空会社に就職した。本人曰《いわ》く、ここまではかなり順調なペースで来ているらしい。

神さまは残酷だ。世のなかに、こんな不公平を作るだなんて。

ルックスも頭もいい上に、パイロットだなんて誰もが羨《うらや》む華々しい職業に就くとは、私が同じ男だったら絶対にひがんでしまう。

「いちばん最近はどこに行った？」

「クアラルンプール。マレーシアな」

「それってどれくらいかかるの？」

海外旅行に憧れはあるけれど、実は日本国内を出たことがない私は、目的地までのだいたいの時間を想像するのが難しい。

「成田から直行で七、八時間」

「けっこうかかるんだ。……いいなぁ。私も東南アジア旅行したい」

だいたい一般的な会社員の勤務時間と同じくらいか。

かなり長時間に思えるけれど、氷上によれば、旅客機の座席には暇をつぶせるアイテムもあるし、食事などの機内サービスも充実していて、窮屈《きゅうくつ》ななりに快適とのこと。時間とお金があったら、ぜひ乗ってみたいものだ。

「俺は仕事しに行ってるんだけど」

「そうだった」

すかさず突っ込みが入ったので、私は「あはは」と声を立てて笑った。

「ねぇ、今度マレーシア行ったとき、お土産買ってきてよ。旅行した気分だけ味わうから」

東南アジアのなかでマレーシアにはこれという印象がなかった私は、いい機会だとばかりにねだってみる。

「お前な、仕事で行ってるって言ったろ」

「でも空港ウロウロしてるわけだから、お土産買う時間くらいはあるでしょ」

「不審者みたいに言うなよ。……まあ、空き時間はあるけど」

「え、買ってきてくれる感じ？　やった、ラッキー！　パイロットさまに敬礼」

無茶ぶりに応《こた》えようとしてくれるところが氷上だ。私がよろこびの声を上げて敬礼のしぐさをすると、彼は「なんだそれ」とおかしそうに笑う。

……でも本当、氷上はすごいな。高校のころは一緒にふざけてバカやったりしていたのに、いつの間にか大勢の乗客の安全を担《にな》う仕事に就いているんだから。

未だに、それを不思議に思うときがある。

彼が別世界の住人になってしまったようでちょっと寂しく思っていると、氷上が「でも」と首を捻《ひね》りながら口を開いた。

「――さっきの話で言うと、予定に関しては俺は合わせやすいほうだと思うんだよ。月間の飛行時間って決まってるから、稼働日数で言うと二週間とか、下手すると十日くらいになる月もあるし」

「確かに氷上って意外と空いてる日、多いよね。乗ってないときは休みってこと？」

「もちろんイレギュラーの出勤を頼まれたりする場合はあるけど、基本的には」

なるほど。じゃあフルタイムの会社員よりは空き時間が多い、という話になるのか。

言われてみれば、鈴村や田所からは「平日の十八時半とかで飲み会を組まれるのはツラいって」とボヤかれがちだけど、氷上からは聞いたことがなかったかも。

「まあでも、一回一回のフライトにそれだけ神経使ってるってことだもんね」

月間の飛行時間が定められているのは、それだけ負荷が大きいからなんじゃないだろうか。だから安易に「勤務時間が短いから羨《うらや》ましい」とは言えない。その重責ゆえ、きっと、私の知らない苦労をいくつも抱えているに違いない。

「――私の仕事はさ、悲しいけど、正直誰でも代わりが利いちゃうっていうか。氷上みたいに、選ばれし者しかできない業務と違うから。本当、いつも尊敬するよ」

私は小さくため息を吐きながらつぶやいた。半分冗談で、半分本気の愚痴《ぐち》。

事務の仕事は、他の仕事に比べればアクシデントは起きにくい。波風立たないよう、淡々と仕事をこなしたいと常々思っている私には向いている業務だけれど、華々しい氷上の仕事と比較すると、わかりやすい達成感ややりがいはないのかもしれない。

「選ばれし者って、伝説の勇者かよ」

「それに近いものはあるよ」

彼は笑い飛ばしているけど、容姿もステータスも完璧な氷上は、自身がいかに希少な人種であるか、自覚がないのだろうか。

「そういう訓練を積んだだけだよ。てか、誰でも代わりが利くとか、そんなことないと思うけどな」

この男は謙虚なところがまた憎らしい。みんなが羨《うらや》む要素をすべて持っているにもかかわらず、それをひけらかしたり、偉ぶったりするような真似は昔から絶対にしないのだ。

それから、氷上は私の目をじっと見つめた。それまでよりも幾分真剣なまなざしを向けられてドキッとする。

「俺は熊谷の仕事、ざっくりしか知らないから詳細まではわからないけど……熊谷なりに、仕事がスムーズに回るためにかけてる手間とか、気配りとかがあるはずだろ。そういうのって代わりが利きにくいし、けっこう大事なところなんじゃない？」

彼に指摘されてハッとした。……思い当たる節《ふし》があったからだ。

私自身も、系列の保育園のなかで仕事がやりやすい園長、やりにくい園長というのがいる。やりやすいと思うのは、周囲に対する気配りや配慮に長《た》けている人だ。彼女たちの背中を見て、自分も同じように思われる人間でありたいと思い、園への連絡や報告は細かくマメに伝えたり、書類等の進捗が遅れていそうな園長の仕事を率先して手伝ったりしている。

これだって、最初からできたわけじゃなかったことを忘れていた。

すぐに代わりが利く仕事なんて、実はそこまで多くないのかもしれないな。

「……ありがと」

私は小さな声でお礼を言った。きちんと告げるのは、なんとなく気恥ずかしかったから。

氷上は薄く笑んで首を横に振る。

彼のこういう、さりげない優しさが好きだ。オーバーにならない程度に鼓舞しながら的確なアドバイスをくれる。私の胸には心地よく響いたし、楽になった。

「久しぶりー」

そのとき、個室の簾《すだれ》が勢いよく捲《まく》られた。

グレージュ色の明るいカラーのヘアが目立つ、鈴村琉輝《りゅうき》だ。美容師をしている彼は、スーツではなく上下黒のセットアップと白いスニーカーというスタイリッシュな格好でやってきた。

「おつかれ〜！」

その後ろから顔を出したのが、鈴村よりも頭ひとつ分背の高い田所恭亮《きょうすけ》。ネイビーのスーツに、同色系のレジメンタルストライプのネクタイを合わせている彼は健康食品の営業マンだ。清潔感のあるツーブロックヘア。整髪料でセットした前髪には、この時期だというのにうっすら汗が滲《にじ》んでいる。

ふたりは同じタイミングでやってきた。

「――おっ、ぴったり十九時。遅れてないからＯＫだよな」

田所はスーツのポケットからスマホを取り出し、はぁはぁと息を切らしながら時刻を確認する。

「なんで田所、息切れてるの？」

「コイツ、めちゃくちゃ走ってきたから」

私が鈴村に訊《たず》ねると、鈴村は田所を指差したあと、両手を振って走る真似をしてみせた。

「やっぱ遅刻しそうになってるじゃん」

「言うて間に合ってるし。てか、鈴村と同時だし」

氷上が噴き出すと、田所が不服そうに反論した。

「俺はオンタイムに着くように計算してるから。お前はだいぶ危《あや》うかったろ」

一緒にするなとばかりに鈴村がさらに言い返す。

私と氷上からすればどうでもいいことなのだけど、毎回似たようなやり取りがあるのを見るに、本人たちにとっては重要な問題なのかもしれない。

「まずは乾杯しよう、乾杯」

私は肩で息をする田所と鈴村に席に座るよう促《うなが》しつつ、ファーストドリンクをオーダーすることにした。

四人で集まるときはこの店か、この周辺にある焼肉店が定番になっている。今日は田所が「飲みたい気分」とメッセージを入れていたので、この居酒屋に決まったわけだ。

最初の話題は田所の「飲みたい気分」について。合コンで知り合った女の子といい感じになっていたのに、突然連絡が途絶えたとか。ようは失恋してヤケ酒したかったらしい。

「もうだめだ」「生きる気力を失った」とネガティブ発言を連発していた田所だけど、鈴村の「俺の知り合いの女の子、紹介するよ」の一言によって瞳が輝き出したのには笑った。生きる気力を取り戻したようでなによりだ。

「しかし氷上ってマジですごいよな。イケメンの上にいい大学出て、パイロットになって、もう副操縦士に昇格か……あぁ、こんな不平等が許されていいのか」

「はいはい、どーも。その話、三回目だぞ」

失恋話でビールが進んだ田所はさっきからずっと、となりの席の選ばれし者・氷上に絡んでいる。氷上は軽く受け流しつつも、若干面倒くさそうな様子だ。

「そういや、氷上はなんでパイロットになろうと思ったわけ？」

氷上と同様に話題のループにうんざりしていたのが、私の横でちびちびとハイボールを飲んでいた鈴村だ。ふと思いついたように訊《たず》ねると、氷上は手にしていたビールジョッキを机に置いて、ちょっと考えるようなしぐさをしてから口を開く。

「月並みな理由だけど……昔から空を飛ぶ仕事に憧れがあったんだよな。それでも一度はそのまま別の業種で就職しようかなとも考えたんだけど、人生一度きりだし。せっかくならチャレンジしてみようって決めたんだ」

「子どものころからの夢を叶えたってことか」

鈴村の言葉に氷上がうなずく。

——すごいなぁ。私も子どものころはいくつか夢を持っていたけど、夢は夢で、それを叶えようってところまでは考えなかった。氷上はそれをきちんと実現させたんだ。

ビールの苦みを味わいながら感心していると、話を聞いていた田所が「かー」とおじさんっぽく唸《うな》った。

「お前みたいなド級のイケメンが言うと破壊力ヤバいな。『人生一度きりだし、せっかくならチャレンジしてみようって決めたんだ』……オレが女なら確実に惚《ほ》れてるわ」

わざわざ氷上の言い方を真似る田所を、私と鈴村が「似てない」と突っ込みを入れ面白がる。

「別に女じゃなくても、惚《ほ》れてくれていいんだけど」

「やめろよ、オレそっちの趣味じゃねーわ」

氷上が軽口を叩くと、田所はぶるぶると震えるそぶりを見せて首を横に振った。

「気が合うな、俺もだ」

にっこりと微笑《ほほえ》みつつ田所に断言する氷上。その応酬に、私と鈴村は声を立てて笑った。

「——あ、あと……」

言い忘れた。——そんな雰囲気で、氷上がなにかを言いかけて、視線をこちらに向ける。

「……いやなんでもない」

口からこぼれかけた言葉を、彼はどうしてか引っ込めてしまった。そしてなにごともなかったかのように、ビールを呷《あお》る。

……？　今一瞬、こっちを見たような……？　気のせい？

「高校のときでさえ女子人気すごかったからな。パイロットになった今、さらにモテてるだろ」

「そんなことない」

なんだろうと考えているうちに、田所が再び氷上に絡んだ。氷上が苦笑すると、田所は眉を顰《ひそ》めて氷上を指差す。

「うそつけ。お前、高二のバレンタインのときだって『全然もらってない』とか言っといて、でっかい紙袋に入れてチョコ持って帰ってただろ。それ以来、オレはお前を信用しないことにしてる」

「あーそんなことあったな～。休み時間のたびにいろんな女の子が来てたよな。俺ら、次に来る子の髪が長いか短いか当てるゲームやってなかったっけ」

「しょうもないことしてるなぁ」

いい思い出風に語る鈴村に、私は苦笑した。

確かにそんなゲームが成立してしまうくらい、ひっきりなしに氷上を訪ねてくる女子がいた。にしても、不謹慎な遊びだ。

「……てか、そうか。氷上には熊谷がいるもんな」

すると突然、ビールジョッキをドンと机に置いた田所が、合点がいったと言いたげに両手を叩いた。

「なんの話よ？」

「お前ら今でもけっこう頻繁に遊びに行ってるんだろ？　ふたりで」

当時から私と氷上はふたりで行動することも多く、それはもちろん鈴村や田所の知るところだ。社会人になって以降も、四人のメッセージグループ内で氷上と出かけたことを、特別に隠し立てすることなく話題にしている。

「だってそれは、氷上とは趣味が合うから」

言い訳っぽくなってしまうのは——私の心の内側にずっと存在する、誰にも告げたことのない、ある想いを悟られないようにするためだ。

「氷上、今、付き合ってる子いるの？」

「いないよ」

四杯目のビールで早くも田所の目は据《す》わっている。彼の問いかけに、氷上は短く答えた。

「熊谷は？」

「い……いないけど。それがどうかしたの？」

なんとなくいやな予感を覚えつつ返事をすると、田所はものすごい発明をしたみたいな誇らしい顔で、こう言い放った。

「なら付き合っちゃえばいいじゃん！」

予感は当たった。

とはいえ、十年来の付き合いの仲間から、まさかそんな提案をされるとは思っていなかったのですぐには反応できない。私はただ、田所が得意げに立てている人差し指を凝視することしかできないでいた。

「鈴村もそう思わん？」

「確かにさ、傍《はた》から見てるとお前ら夫婦みあるんだよね。長年連れ添って気心知れてる感じの」

「そうそう！」

私が固まっている隙に、田所は鈴村に話を振って盛り上がっている。

――この流れはまずい。どうにか、話題を変えないと！

「ちょ、ちょっと、勝手に決めないでよ。私と氷上はそんなんじゃないから！」

思うより先に、強めの否定が口から飛び出た。そうでなければ、氷上との関係を根掘り葉掘り突かれそうで怖かったのだ。

「そうだよ。熊谷だけは絶対にないから」

次の瞬間、氷上の口から冷静に放たれた言葉に、後頭部をバットで思いっきり叩かれた心持ちになる。

「氷上お前、そんなはっきり言う～？」

「じゃないと田所は延々と言い続けそうだからな」

楽しげな田所と困惑気味の氷上の会話が、ずいぶん遠いところで交わされているように思えた。まるで扉を一枚隔《へだ》てているかのように、くぐもって聞こえる。

――私だけは絶対にない、か。

……予想はしていたけど、実際に言葉にして言われるとなかなか応《こた》えるなぁ……

「熊谷も同じ感じ？」

鈴村に訊《たず》ねられて、私は慌ててうなずく。

「そ、そうそうっ。氷上とはそういうところも気が合うなぁ！　わ……私も、氷上だけはないから安心してっ」

動揺を悟られないようにしなければ。私は極力明るい口調でそう言った。

対面の氷上の顔が見られない。その横の田所の顔に視線を向け無理やり笑顔を作ったのだった。


以降、その飲み会の記憶は、田所のお酒に酔った赤い顔しかない。氷上に恋愛への発展の可能性を全否定されたのが、想像していた以上にショックだったらしい。

実際、帰り道ではあのときの氷上の台詞《せりふ》ばかりが頭のなかをぐるぐると回った。

——そっか。私だけは絶対にないのか。……私だけは。

高校のころからずっと、私は氷上とたくさんのものを共有してきた——つもりだった。

おすすめの推理小説。ミステリー・サスペンスの映画やドラマ。少年漫画。ロックバンド。ほかにもたくさん。

私のお気に入りを紹介して好きになってくれるのがうれしかったし、氷上のほうからも「熊谷が好きそうだったから」と私の知らないものやことを教えてもらえるのがありがたかった。

ふたりでいくつもの「楽しい」や「共感」を味わううちに、氷上のさりげない優しさや思いやりにときめくことも多かった。

例えば高校二年の秋、当時お互いが大好きだった人気バンドのチケットを苦労して私の分まで押さえてくれたとか。

高校三年の冬、ふたりが好きな推理作家の新作が出たとき、氷上は推薦で大学が決まっていたから時間がたくさんあったにもかかわらず「一緒に犯人を当てたいから、熊谷が受験終わるまで俺も待つよ」と言ってくれたとか。

氷上がどんな男性かを説明するとき、多くの人はまず彼の容姿を称賛するだろう。そしてステータス。一流大卒のパイロットというだけでも、社会的信用度はかなり高くなる。

そんな顔やステータスも氷上の魅力のひとつではあるけれど、私には彼の優しさや思いやり、感性や波長なども含めて、すべてが同じように素敵だと感じられる。

彼のことを、いつの間にか……好きになってしまっていた。

自覚したのは大学に入学してすぐだ。進学先が別々だったから、どうしてもそれまでより会ったり連絡を取り合ったりする時間が減ってしまった。

次に会ったとき、この本を紹介しよう。この映画を一緒に観に行こう。この曲を聴いてもらおう。そういうものがたくさん溜まっていき、すごく彼に会いたい気持ちが募《つの》ったのと同時に、寂しくなったのをよく覚えている。自覚していた以上に、氷上とたくさんのものを共有し感想を述べ合ってきたのを再確認したのだ。

自分の想いに気付いたからといって、いきなり接し方を変えることはできなかった。そのときにはすでに異性としてではなく男友達みたいな付き合い方をしていたし、彼の周囲には常に彼へアプローチをする女性たちが溢《あふ》れていた。そのなかにはとびきり美しかったり、スタイル抜群だったりする子たちも珍しくない。容姿も中身も平凡な私が、彼女たちに交じって戦おうという気持ちにはなれるわけがなかった。

それでも心のどこかで、私は他の女性たちとは違うのだと期待していた。

特別理由がなくても誘い出してご飯を食べたり、気が向いたときにメッセージを送り、くだらないやり取りで笑い合ったりできるこの関係は特別なものであると信じ込んでしまっていたのだ。

今思うとどうしようもない自惚《うぬぼ》れだけど、私と同じ想いを、ひょっとしたら氷上も抱いているのではないか。都合よくそんなふうに考えたこともあったくらいだ。

あくまで自分は男友達というくくりのなかにいるということが、すっぽり頭から抜けていた。

私ってば、身の程知らずで、なんとおめでたいんだろう。氷上が、異性としての私を好きになる理由なんてないのに。

……そういえば、氷上が誰かと付き合っているという話を、彼の口から聞いたことがない。

さっきも田所の問いかけに、「いない」とはっきり答えていたが、本当なのだろうか。誰にも打ち明けていないだけで、過去に何人かお付き合いしていた可能性は十分にある。今だってそうだ。

私たちももう二十七歳。同級生のなかにはすでに結婚して家庭を持っている子たちもいるから、そろそろ未来について考え始める頃合いじゃないだろうか。

氷上ほど女性にモテる人が、一生独身を貫《つらぬ》くとは考えづらい。

航空会社のＣＡ《キャビンアテンダント》は優秀な美人が多いと聞くし、きっと近い将来、氷上のお眼鏡に適《かな》う素敵な女性に彼を奪われてしまうのだろう。

今の私が持っている、氷上を気軽に呼び出したり、とりとめのないメッセージの応酬をしたりする権利を、そのまだ見ぬ美人なＣＡに取られてしまう——そう思うと胸が抉《えぐ》られるみたいに悲しくて、苦しくて。電車の手すりに縋《すが》りついて泣き出しそうになるのをぐっと堪《こら》えた。

そのとき、私は耐えられるのだろうか。私の知らない、魅力溢《あふ》れる女性とお付き合いを始める氷上に、素直に「おめでとう」と言える？

できるわけない。だって、大学のころからずっと氷上を想い続けているのに。

私以外の女性と結ばれる彼を祝福するなんて無理。

——でも、諦《あきら》めなきゃいけないんだよなぁ。

……絶対ないって、あんなにはっきり言われちゃったんだから。

他の男子には目もくれず、ずっと氷上を想い続けていた私は、自慢じゃないけど交際経験ゼロ。

だけど人並みに結婚や出産への憧れはある。

もちろんその相手が氷上なら最高なのだけど、難しいのはわかっていた。

ならば、私もそろそろ別の恋へ舵《かじ》を切らなければならない。でなければ年月だけが過ぎてしまう。

そうこうしているうちに、電車が最寄り駅に到着した。ホームに降りるとずいぶん寒い。

電車に乗り込んだときはそこまで冷え込みを感じなかった。もしかしたら、私の心情がそう思わせているのかもしれない。

口のなかに残るビールの苦みは失恋の味だ。

私は大きくため息を吐《つ》いて、改札に続く階段を下りていった。

2

いつまでも落ち込んでいても仕方がない。そんなふうに、すぐ気持ちを切り替えられるのが私の長所だと自負している。

連休に沈むだけ沈みきってスッキリした私は、翌月曜にはマッチングアプリの登録をした。

不毛な片想いを終わらせる方法はただひとつ、新しい恋だ。

氷上みたいに、自分の趣味嗜好《しこう》と合う相手は、この世のどこかにきっと存在する。その人を効率よく探し出すには、マッチングアプリが最適だろうという結論に達したのだ。

「京佳せーんぱい」

飲み会から五日後、もうそろそろ十二時のランチタイムになろうかというころ。

私は職場である『ブレイブリーキッズ』のオフィスで、職員の勤怠書類を確認していた。聞き慣れた明るい声に顔を上げると、同僚の島梨生奈《しまりおな》が人懐っこい笑みを浮かべている。

ブレイブリーキッズは、都内で認可保育園を五園運営している株式会社。そのバックオフィスを担当しているのが、私と梨生奈ちゃん、そしてすでにお昼に出てしまった部長の津永《つなが》さんだ。

小さな規模の会社なので、三人で業務は滞《とどこお》りなく回っているし、少数精鋭でやっている分、意思の疎通がしやすく、社内ルールも緩い。申し分ない労働環境だ。季節折々、運動会だのイモ掘りだの、保育園のイベントの手伝いができるのも、子どもたちと触れ合えるいい機会になっていて楽しい。

「どうです、アプリの調子は？」

「――うーん……せっかく教えてもらったのに、まだイマイチ、かな」

ふたりきりのオフィスでは、声を潜《ひそ》める必要がない。私は小さくため息を吐《つ》いて答えた。

梨生奈ちゃんは二歳年下の二十五歳。ピンク系ブラウンの肩までのゆるふわパーマヘアに、透《す》き通《とお》った白い肌。顔立ちは仔《こ》リスみたいに愛らしく、メイクは派手すぎずチークやリップの淡いピンクでかわいらしさを強調。襟《えり》ぐりに大きなフリルのついた白いブラウスと茶色のAラインのスカートというお嬢さん風のファッションが、彼女の雰囲気にとてもマッチしていて素敵だ。

そんな見た目からして、トレンドに詳しい今どきの女子を具現化したような子。明るくほわんとした雰囲気が魅力でありつつ、先輩の私や上司の津永さんの懐《ふところ》にもスッと入り込んでくる、世渡り上手な一面もある。

聞けば、彼女は大学時代からマッチングアプリを使いこなし、彼氏を途切れさせたことがないらしい。

出会いを求めていることを彼女に告げると「それなら絶対にマッチングアプリですよ！」と、おすすめのアプリからプロフィール登録まで、懇切《こんせつ》丁寧に教えてくれたのだ。

私はデスクに置いていたスマホを手に取り、マッチングアプリを起動した。メッセージ一覧には、これまでやり取りを交わした男性のイニシャルがずらりと並んでいる。その数、十二名。すべて私のターンで止まっている。

「えっ、マッチングできないってことですか？」

「ううん、そういうわけじゃないんだけど、こう……メッセージのやり取りだけで、いいなぁと思える人にまだ出会えないというか」

メッセージのやり取りはスムーズにできていると思う。相手の反応も悪くない。

でも私には、会ったことのない相手とのやり取りは、どうしてもバーチャルなものと捉《とら》えられてしまうのだ。

「文字だけじゃわからないこともありますよね～。サクッと一回会ってみたら手っ取り早いですよっ」

「でもなんとなくの人となりがわかるまでは、怖くない？」

「写真とプロフでわかりますよね？」

梨生奈ちゃんはそんなに気軽に、見も知らない人と会えるのだろうか。

驚きを込めて返答すると、むしろなにが怖いのかわからないと言いたげに、彼女が不思議そうに首を傾《かし》げる。

「うーん……そういうことじゃなくて、その人の好みとか、考え方とかを把握してから会いたいんだよね、私は」

「先輩って慎重派なんですね～」

「そう？　割と普通の感覚だと思ってるんだけど」

まるで私が変わっているみたいな反応だ。ある程度相手の情報が出揃ってから顔合わせをしたいと考えるのは、至極真っ当な考え方なのではないだろうか。

「アプリで婚活してる人たちはとりあえず会おうってこと、多いですよ。しぐさとか癖とか、フィーリングとか、会わないとわからないこともありますし。……例えばすっごいイケメンでも、ずっと爪を噛む癖がある人って、いやじゃないですか～？」

「それはまぁ、確かに……」

想像してみて、ぶるぶると首を横に振る。……勘弁願いたい。

「怖がらずに、先輩も一回会ってみたらいいと思いますっ。向こうも真剣に相手を探している場合がほとんどですから。早いうちに一歩踏み出したほうが楽ですよ」

「そうだよね……わかってはいるんだけどさ」

彼女が言っていることが正しいような気がしてきた。

結局会わないことには、その人とお付き合いできるかどうかの判断はつかないわけだから、とりあえず会ってみるというアクションが大事なのか。

「今、いいなと思ってる人はいますか～？」

私のスマホの画面をのぞき込んだ梨生奈ちゃんが訊《たず》ねる。

「ん……この人とかはアリかなと」

私は連絡を取り合った人のなかから、プロフィールやり取りの文言に好印象を抱いた『ＹＳ』というイニシャルの男性を選び、プロフィールを梨生奈ちゃんに見せた。

「三十一歳会社員、年収五百万円台、長男以外。優しそうな人だし、条件的には悪くないじゃないですか」

「……まぁ、年収とかは生活できればそれでいいんだけど」

彼女に言われるまで、職業や年収、きょうだい構成などはあまり気にしていなかった。私がこの人を選んだのは、あくまで自分とフィーリングが合いそうという点だけ。顔写真を含め、雰囲気が柔和だったのもポイントが高い。

「よし、じゃあ攻めて行きましょうっ」

梨生奈ちゃんはひょいとスマホを私の手から奪い取ると、なにやら操作する。

「え、ちょっと、なにしてるの？」

「はい、これでよしっと」

彼女の手からスマホを奪い返そうとした瞬間、梨生奈ちゃんが送信ボタンを押した。

『突然すみません。もしよろしければ直接お話ししてみたいと思っています。いかがでしょうか？』

再びスマホを取り戻して画面を見ると、直前のやり取りをぶった切り、いきなりこの文章が送信されていた。

「ええっ、ちょっと……!?」

「こういうのは勢いが大事なんです。会うの、楽しみですねっ」

にこっと笑いながら歌うように言い放つ梨生奈ちゃん。

私は画面に目が釘付けになったままフリーズする。

――いや、確かに一回会わなきゃとは言ったけど！　まだ心の準備が……

……って、ぐずぐずしてたら進まないか。ちょっとやり方は強引だったけど、梨生奈ちゃんが背中を押してくれたと解釈して、この人と会ってみるのもいいのかもしれない。

「不思議だったんだけど、梨生奈ちゃんはどうしてマッチングアプリなんて使ってるの？」

気を取り直した私は、ふと過《よぎ》った疑問を本人にぶつけてみることにした。私の問いかけに、質問の意図がわからないといったふうな彼女の戸惑いを感じたので、慌てて「ほら」と続ける。

「――梨生奈ちゃんってかわいいし、スタイルもいいし。どう考えても男の人にモテそうだから、わざわざアプリで探す必要なんてないんじゃ……」

梨生奈ちゃんは間違いなくモテる女性の部類に入る。アプリになんて登録しなくても、男性から声をかけられる機会は多いのではないだろうか。

それに引きかえ私は――ルックスにアドバンテージがあるとは言えない外見だから、こういうシステムには向いているのだろう。

オフィスには似たような白いシャツと、黒いパンツ、スニーカーで出勤するのが常だし、外にハネた肩までの茶髪は、スタイリングが面倒でうしろで結んでしまうことが多い。メイクもあまり色のないものを好むので、女子力はとても低いとみなされそうだ。

「甘いですよっ、先輩」

すると真顔になった彼女が、人差し指を立てて軽く振る。

「私はすべてにおいてハイスペックな男と結婚したいんです。最低でも、仕事を辞めて専業主婦になれるくらいの経済力がある男じゃなきゃ、する意味がないですから」

「はぁ……」

それまで一貫して明るく軽やかなノリだった梨生奈ちゃんが、突然ワントーン低い声でビシッと言い放ったものだから、その気迫に圧倒されてしまう。

そんな私をよそに、彼女は続けた。

「こういうアプリで相手を探せば、顔面レベルと内面のスペックを兼ね備えた極上の男に出会えるわけじゃないですか。現に私、顔も年収もいい相手としかお付き合いしたことないです」

「な……なるほどねぇ……」

『顔面レベル』とか『内面のスペック』とか——普段のほわんとしたイメージの彼女には不釣り合いなフレーズがポンポン出てくることに、内心で戦慄《せんりつ》していると、梨生奈ちゃんが「それに」と畳みかけてくる。

「——アプリには日々いろんな男性が登録されますから、乗り換えも自由自在ですしね」

「え、彼氏と付き合ってる間もアプリしてるの？」

ぎょっとして反射的に訊《き》き返《かえ》す。

お付き合いをしている人がいるのに並行して相手探しをするなんて、不誠実じゃないだろうか。

しかし彼女は毅然《きぜん》としてそう答えた。

「当然ですよ。結婚は投資と同じです。よりいい投資先が見つかったら変更するのが普通ですよ」

「あー……いや、でも結婚が投資と同じっていうのはちょっと……」

「自分の将来を預ける相手を探すわけですから、それくらいズルくなってもいいと思うんです。自分の人生の責任を取れるのって、最終的には自分しかいないんですよ」

梨生奈ちゃんの言い分に「それもそうか」と思う反面、彼女の隠された一面を見た気がして、正直なところ少し引いてしまった。

私にとって男性とのお付き合いや結婚とは、異性としても人間としても、大好きだと思える人とだけするもの。そういう認識だったから、「そんな考え方もあるのか」と目からうろこだ。

しかしある意味、彼女はお付き合いやその先にある結婚を、とてもシビアに捉《とら》えているとも言える。自分の理想に合った相手を探す最大限の努力をしているだけで、決して悪いことではないはず。むしろ梨生奈ちゃんからしてみたら、フィーリングなんていう数値化・言語化できないものでパートナーを決めようとしている私のほうが幼稚で浅はかだと感じるのかもしれない。

「あっ、返事来た」

そのとき、手元のスマホが震えた。梨生奈ちゃんが送ったメッセージに対して返信があったようだ。

「早いですね〜。お相手はなんて？」

「……『ぜひお願いします！　いつにしましょうか？　よろしければ僕にお店を選ばせてもらってもいいですか？』って」

「わぁ、いいじゃないですか！　相手、けっこう前のめりな感じですね」

画面に表示されたレスを読み上げると、梨生奈ちゃんはうれしそうに胸の前で手を合わせた。そして、追加のアドバイスとばかりにこう続ける。

「お互いの熱が冷めないうちに、早めに時間作ったほうがいいですよっ」

「う、うん……そうしてみる」

こちらから提案してしまったのだから、もう行動するのみだ。

――そうだ。この人と会って心から「いいな」と思えれば結果オーライ。七年越しの氷上への想いが断ち切れるし、私自身の幸せを掴《つか》める。

「最初はランチのほうがいいですよ。ディナーだと、酔って調子に乗る男もいるので」

「的確な助言、助かります」

私は梨生奈ちゃんの意見を参考にし、その週の土曜日、ランチタイムにお相手と会う約束を交わしたのだった。

◆　◇　◆

週末、さっそくその彼と会ってみたのだけど――これが、期待外れな結果となった。

ランチの時間そのものは、それなりに楽しかった。彼の風貌は写真通りだったし、始終優しく穏やかに相槌《あいづち》を打ってくれるのは心地よかった。私が好きなエンタメの話題も、お互いに好みが合致している部分があるので、まあまあ盛り上がったと思う。

このまま少しずつ回数を重ね、この人のことをもっと知っていけば、好きになれるのかもしれないという可能性を感じていた——お店を出た直後までは。

ランチ代は相手が持ってくれたので、「次は私が出しますね」と告げ、その日は解散しようとする。「初回は短い時間でいいと思いますよ」という梨生奈ちゃんのアドバイスもあったし、初めましての人と長時間話すのは緊張して神経を使う。ここで話し足りない分は次に持ち越せばいい、と考えていたのだ。

けれど駅に続く細い路地に入ったとたん、彼が私の腰に手を回して耳元でこうささやいてきた。

「やっぱりもっと一緒にいたいな。ふたりでゆっくりできるところ、行かない？」

彼の意図はすぐにわかった。直後、私のなかで静かに熱を保ち始めていた気持ちが、一気に氷点下まで冷え切る。

まだ会って数時間の相手を、こんなに気軽にベッドへ誘える感覚が、私には理解できない。

「ごめんなさい、このあと用事があって」

この人はないいな。そう感じたけれど、はっきり告げると角が立つと思ったので、その場は穏便に済ませ、あとでお断りしようと決める。

「用事ってなに？　別の男と会うとか？」

おそらく彼のなかでは、私は確実についてくるという手ごたえがあったのだろう。だから私のつれない様子を感じ取ると、食い下がるようにそう訊《たず》ねた。

「ち、違います。でも今日は、ごめんなさい」

強引に話を終わらせる。

すると彼が微《かす》かに舌打ちをしたのを、私は聞き逃さなかった。

——あー、選ぶ人を間違えた。

逃げるように彼と別れ、自宅方面の電車に飛び乗る。扉のそばでゆっくりと動き出す景色を眺めながら、心のなかでつぶやいた。

『最初はランチのほうがいいですよ。ディナーだと、酔って調子に乗る男もいるので』

いつぞやの梨生奈ちゃんの台詞《せりふ》が蘇《よみがえ》る。

ディナーじゃないし、酔ってもいなかったけど、それでも誘ってくるってことは常習犯ってことだよね。狙いは最初から、そういう展開に持っていくことだったのかもしれない。

私が誠実な関係を望んでいても、相手がそうであるとは限らないのだ。ある意味、いい勉強をさせてもらった。

コートのポケットからスマホを取り出し、先ほどの男性を即ブロックする。

会話自体はけっこう楽しかったので残念だけど、それすら本懐を遂《と》げるための手段だったのかも、とさえ思えてきた。

——たまたま悪い人に当たってしまったと思って、忘れよう。事故だ、事故。

するとそのタイミングで、メッセージが届いた。よもや件《くだん》の男性かと戦慄《せんりつ》するものの、マッチングアプリの通知ではない。

「あ……」

送り主の名前を見て、つい声が出た。

……氷上だ。

『今日なにしてるの？』

彼がこんなふうにメッセージを送ってくるときは、遊びの誘いと決まっている。『用事が終わったところ』と短く返事をした。

『熊谷が観たがってた「リトル・クローズド・ドア」、動画配信サイトで配信開始されてるよ。一緒に観ない？』

――私が映画館で見逃した映画だ。原作が私と氷上が好きな推理作家のバイオレンスミステリーで、絶対に観に行こうと決めていたのに、話題性が低く、思ったよりも早く上映期間終了となったために、叶わなかった。

確か氷上は観ていたはずだけど……私が悔しがっていたのを覚えていてくれたんだ。

『観たい！』

深く考えずにそう返事をしてから――ちょっと待って、と思い直す。せっかく氷上のことを諦《あきら》める決心をしたのに、今までと同じような付き合い方をしていたら、気持ちが揺らいでしまうのではないか。

……でもまぁ、実際のところ私の交友網のなかでいちばんノリや趣味嗜好《しこう》が合うのは氷上だし。友達付き合いまでやめる必要はないだろう。いきなり距離を置くそぶりを見せたら、氷上だって戸惑うはず。

『じゃあうち来て　そのまま夜も食べよう』

――え、氷上の家？

長い付き合いだから、彼の家に遊びに行ったことくらいはある。

でもそれは、鈴村や田所を含めての話だ。彼らふたりは実家暮らしで、私は女性。氷上だけが唯一、大学のころからひとり暮らしを始めていたため、飲み会のあとに転がり込みやすかったのだ。

氷上自身も、いくら仲がいいとはいえ、異性の友人をひとりで家に呼ぶのは好ましくないという認識があったのだろうと思う。私も漠然とそういう気持ちを持っていたから、なんとなくわかる。

それが異性の友人同士の、最低限の線引きだ。

だからこれまで一緒に動画を見たり、漫画を読んだり、音楽を聴いたりするときは、ネットカフェやカラオケを利用していたのに、突然どういう風の吹き回しなのだろうか。

……でもまあ、いいか。今さらなにが起こるわけでもないし。むしろ、氷上のほうはなにも起きないと確信しているからこそ、自宅に呼んでもいいと思っているのかもしれない。

そう考えるとちょっと悲しいけれど、自分のテリトリーに彼が快く迎え入れてくれるのは純粋にうれしかった。

『わかった　行くね』

すぐに返事をすると次のターミナル駅で降り、氷上の自宅最寄り駅へ行き先を変更したのだった。

氷上は首都圏にふたつある空港それぞれに交通の便がいい都心部に部屋を借りている。朝早かったり、逆に夜遅かったりする変則的な勤務であることから、職場へのアクセスのよさというのがとても重要なのだと以前話していた。

手土産に途中のコンビニで購入したビールを持参して、いざ彼の自宅へ。

男のひとり暮らしにしてはずいぶんおしゃれで利便性が高いマンションだ。駅から徒歩三分の好立地というのだから羨《うらや》ましい。

部屋に上がるまではちょっと緊張したものの、入ってしまえば普段通りだ。リビングにあるソファに横並びで座り映画を観たあと、夕食はデリバリーを注文。ビールに合いそうなものと考えて、ピザをとることにした。

「思ったよりも原作に忠実で面白かった」

ソファの前のローテーブルにはピザとサイドメニューのポテトやチキンナゲットなどが並ぶ。それらを肴《さかな》に、ビールを缶のまま呷《あお》りながら、観たばかりの映画の話で盛り上がる。

女の子同士の飲み会だと、かわいらしいグラスにビールを移し替えることも多いのだけれど、そういうことはしない。ピザだって、箱の一部をお皿代わりに使う横着《おうちゃく》っぷりだ。私と氷上がいかに気の置けない関係であるか示す光景だろう。

「だよな。蝋燭《ろうそく》の炎で犯人の顔がチラッて見える演出、ゾクゾクした」

「ね！　あのときの表情もよかったなぁ」

氷上とは、つくづく「いい」と思う感覚が合致する。同じ作品を見ても、正反対の感想になるのは珍しくないのに、まずそういうことがない。がっちりと噛み合っている歯車のように、彼の感想や意見には安心感を覚えるし、しっくりくるのだ。

「映像化したら楽しさ半減するかもと思ったけど、久々の当たりだった。教えてくれてありがとね、氷上」

「半年前、あれだけ悔しそうにしてたらいやでも覚えてるだろ、普通」

観てよかったし、一緒に観られてよかった。感謝の気持ちをこめてそう述べると、彼はそのときの私の様子を思い出しているのか、ちょっといじわるに笑う。

言われてみれば、「観たかったのに！」とか「氷上だけずるい！」とか、感情のままに愚痴《ぐち》ってしまったかもしれない。

だとしても、おかげで彼の印象に残って、こうして鑑賞できたわけだから、反省はしていない。

「こうやって一緒に映画観て、感想を語り合える友達がいるのって最高だよねぇ」

休みの日にビール片手にピザを食べながら、なんの気も遣わずに趣味の話に没頭する。女の子の友人でこれを一緒に楽しめる子がいるだろうか。脳内で検索をかけてみるけれど、ヒットはゼロ件。

氷上がいてくれて本当によかった。あのランチ直後の、殺伐とした感情が完全に浄化された。

欲を言えば、友達ではなく彼氏としてこの至福の時間を共有できればなお幸せなのだけど、さすがにそれは望みすぎだろう。

「……そうだな」

「なーに。不服そうな顔して」

個人的には同意がもらえそうな、いいことを言ったつもりだったのに。

氷上は表情を曇らせ、言葉少なにビールを呷《あお》っている。私が声色を変えて茶化すと、彼はふうっと小さく息を吐いた。

「別に」

……なにか気に障《さわ》るようなことでも言っただろうか。いや、そんなことはないはずだけど。

「――ところで、今日はなにか特別な用事でもあったわけ？」

不思議に思っていると、氷上が仕切り直すように身体をこちらに向け、少し真剣なまなざしをする。

「どうしてそう思うの？」

「いつもと雰囲気違うなって」

彼の視線が私のシルエットをなぞった。

今日の私はブルーのストライプのワンピースに細めの黒いパンツを重ね、首元と手首にはゴールドの華奢《きゃしゃ》なネックレスとブレスレット。普段はめったにしないフルメイクを施《ほどこ》し、髪もしっかりブローして、濡れ髪風にスタイリングしている。

普段、氷上を含めた男友達と休日に会うときは、あまり気合を入れるのは場違いな気がして、パーカーとデニムが基本。メイクもファンデーションとリップだけ、なんてことが多く、髪もオフィスのときと同様、ひとつに結ぶか、キャップでごまかすかのどちらかだ。

明らかに外からの視線を気にした今の装《よそお》いに、氷上が疑問を抱くのは当然だろう。

「あー……ま、ちょっと、ね」

「ふうん」

マッチングアプリで捜した相手と会ってました――とは、白状しづらい。

ふたりきりだと、お互いの異性関係の話になることがほぼないのだ。そういった話題が出るのは、鈴村や田所が加わったときだけ。だから、なんとなく言いにくくてはぐらかしてしまう。

氷上はうなずきながらも、納得はしていない様子だ。

「――もしかしてデート？」

「っ」

まさか深追いしてくるとは思わなくて、私は飲んでいたビールを噴き出してしまった。

「おい、大丈夫か？」

すぐに彼が近くのティッシュボックスに手を伸ばし、ワンピースの胸元に少しこぼれたビールを拭《ふ》いてくれる。

私はビールの缶をテーブルに置くと、彼からティッシュを受け取り「ありがとう」と言いながら、もう一度自分で胸元を拭《ぬぐ》った。

「動揺するってことは、当たり？」

「ち、違うよっ。全然そんなんじゃない」

むきになって反論してから、これでは答えを教えているようなものだ、と思う。

……だめだ。核心を突かれると全然うそがつけない。

自分の単純さを心から呪った。

「そういや熊谷って、今彼氏いないって言ってたよな。作ろうって気はないの？」

だいたい染みを拭《ふ》き取《と》れたところで、ごみ箱代わりにしていたビニール袋にティッシュを丸めて捨てた。直後、氷上がさらに問いを重ねてくる。

「すっごいタイムリーなこと訊《き》いてくるじゃん」

思わず笑ってしまった。全部見透《みす》かされているみたいな気がして、隠しているのがバカバカしく思えてくる。

「――実はさ、今日は男の人と会ってたんだ。マッチングアプリで知り合った人」

ふたり合わせて缶ビールの空き缶は六本。いい感じにアルコールが回り始めていることもあって、いっそ全部話すことにする。

彼に対して、具体的な恋愛のエピソードを話すのは本当に珍しい。もしかしたら初めてかもしれない。それくらい記憶にないからちょっと緊張して、氷上の顔を見られなかった。

足元の、シンプルなベージュのラグに視線を落としながら続ける。

「最初はいい人だなぁ、好きになれそうだなぁと思ってたんだけど、お昼ご飯食べて、お店出てすぐにホテルに誘ってきたんだよ。最悪でしょ？」

「…………」

「氷上？　聞いてる？」

返事がなかったので促《うなが》しながら、ここでようやく氷上の表情を窺《うかが》った。

彼は微《かす》かに眉間に皺《しわ》を寄せ、なにかに耐えるように押し黙っている。怒りや苛立《いらだ》ち、そんな類《たぐい》の感情が、表情から感じ取れた。

……もしかして、友人の私が不本意な扱いを受けたことに憤《いきどお》ってくれているのだろうか。だとしたらうれしい。

彼はその表情のまま、聞いているという意思表示で一度だけうなずいた。

「どうせ、私みたいな女ならすぐにヤれそうって思ったんでしょ。あー、やだやだ」

例えば私が超のつく美人なら、相手だってもっと大切に扱ってくれたのかもしれない。「この程度の女ならすぐについてくるだろう」と思われていたとしたら心外だ。平凡な容姿の女にだって選ぶ権利くらいはある。

先刻の苛立《いらだ》ちを発散すると、氷上がソファの背もたれに寄りかかりながら、大きくため息を吐《つ》いた。

「……マッチングアプリなんか使うからだろ」

「しょうがないじゃん。この年齢になると自然な出会いなんてなかなかないし。それに、趣味が合う人を見つけるには最適でしょ」

今の私の環境では、すぐに相手を見つけるために、これ以上の方法は考えられない。

……そりゃ、氷上みたいに目を引くイケメンなら、道端で声をかけられたり、他の友達から「紹介して！」とかせがまれたりすることもあるんだろうけど。

「熊谷は趣味が合う彼氏がほしいんだ？」

「うん。さっきも映画観て、ちょこちょこ感想言い合いながら思ったけどさ……好きなものとか、ワクワクするものを分かち合える相手がいるのっていいよね。だから、彼氏にするなら、そういう人がいい」

今の時間で再認識した。私が一緒にいたいと思うのは、氷上みたいに、お互いが楽しいと思うことを共有して、膨らませることができる人。

梨生奈ちゃんが顔面偏差値と内面のスペックが絶対に譲れないポイントだと断言するのと同じように、私が相手にいちばん求めるものはやはりフィーリングなのだ。

「なら、俺だって」

「え？」

「……いや。なんでもない」

もどかしそうに言いかけた言葉を、氷上はすぐに呑《の》み込《こ》んでしまった。

どういう意味だろうと一瞬考えるけれど、アルコールで蕩《とろ》けてきた思考はそんな疑問などすぐに忘れ、意識は自然と缶ビールに向く。

「……お前、飲みすぎだぞ。その辺でやめとけ」

「今夜は飲まなきゃやってられないよ」

缶ビールの中身を一気に飲み干すと、その缶を潰して傍《かたわ》らに置いた。それから、冷蔵庫にも入れずテーブルの上に置きっぱなしの新たな缶に手を伸ばす。氷上の制止も聞かず、プルタブを開けて飲料水を飲むがごとく、ぐびぐびと飲み下していく。

先週の飲み会で田所がむしゃくしゃしていた理由が、今ならわかる気がする。自分の力ではどうにもならないことで落ち込んでいるときは、お酒の力を借りるしかない。

「――ほーんと、氷上はいいよね。昔から女の子にモテモテで、今だって周りのＣＡにちやほやされててさ。こんな悩みを持ったことなんてないでしょ？」

怒りの矛先《ほこさき》は、いつしか氷上に向いた。

八つ当たりなのは十分に承知しているけれど、だいたい、私が焦《あせ》ってアプリを始めたのは、氷上が私を恋愛対象外だとバッサリ斬り捨てたところに起因している。

こんないやな思いをしているのは氷上のせいだ。酔っぱらいの脳内では、そんな飛躍した理論が正当化されつつあった。

「俺に当たるなよ」

氷上は困ったように笑うだけだ。

それはそうだろう。本当のところ、彼はちっとも悪くない。

「当たりたくもなるよ。ずーっと彼氏がいない私の身にもなってよ」

だけど今の私にはそんなこと関係ないのだから、感情の赴《おもむ》くまま愚痴《ぐち》を吐き続ける。

「ずーっといないの？」

「うん。ずーっと。高校のときからね」

一瞬だけ、氷上の表情が驚きに満ちたような気がした。この十年、誰とも付き合っていないなんて、モテ男の彼には信じがたいのだろう。

――もっと言うと、男性とお付き合いしたこと自体がないんですけどね！

いや、そこまで暴露したら引かれるか。さすがにぶっちゃけすぎだろう。

「……そうなんだ。俺も似たようなものだよ」

同調するようにうなずくと、彼は私を安心させるみたいにそう言った。

「氷上と一緒にしないでよ。その気になればいつだって彼女作れるくせに」

私と氷上のどこが似ていると言うのか。私はスイッチを押されたみたいに口調を荒らげる。けれど彼は、主張を曲げずに首を横に振る。

「そうでもないよ。好きな女にはなかなか振り向いてもらえないし」

「好きな人いるんだ。知らなかった」

この間の飲み会でさえ、そんな話は一言も出なかった。声のボリュームが大きくなってしまうのを意識しつつ、内心で動揺する。

……そうか。好きな人いたんだ。じゃあどっちにしろ望みはなかったわけだよね。

できれば知りたくなかった事実だ。胸に、重たくて苦いものが落ちていく。

「告白しないの？　その子に」

こうなったら開き直ってあれこれ訊《き》くしかない。でなければ、ショックのあまり黙り込んでしまいそうで、無理やり明るく振る舞うしかないのだ。

「勝率は低そうだから」

「当たって砕《くだ》ければいいのに」

「他人ごとだからって」

氷上が笑いながら突っ込む。どうせ相手は自分じゃないのだし、という投げやりな思いで質問したため、確かに適当すぎるアドバイスだ。

「勝ち目がない戦《いくさ》はしないタイプなんだ」

「できればな。もう少し距離を縮めたい、とは思ってるけど」

「へぇ」

――羨《うらや》ましいなぁ。この世に、氷上にそんなふうに想われている女の子がいるっていう、その事実が。

いったいどんな子なんだろう。とても気になるけれど、知ったら知ったで後悔しそうだから、これ以上は追及しないほうが自分のメンタル的にも正解だろう。

「……そっか。頑張ってね。応援してる」

「どうも」

まったく感情がこもっていないエールに、氷上が気付かなくてよかった。

……なんか急に疲れた。

私も氷上がそうしているように、ソファの背もたれに寄りかかる。

この家のソファはリクライニング機能がついていて、頭までしっかり支えてくれる作りなのが心地いい。カバーがヴィンテージっぽいレザーなのも、個人的には好みだ。

「あぁ……彼氏ほしいなぁ……」

天井を仰《あお》ぐと木製のシーリングライトが視界に入った。その煌々《こうこう》とした明かりを見つめながら、ぼそっとつぶやく。

氷上の片想いが成就《じょうじゅ》して彼女ができたら、こんなふうにふたりで過ごす時間は確実に減るはずだ。というか、彼女の気持ちを考えるなら、いくら気の置けない友人だとしても、異性とふたりきりで会うのは不誠実だろう。

……そうか。そうだよね。頭では理解しているつもりだけど、実際そうなってしまったらすごく寂しいんだろうな。

孤独感に苛《さいな》まれる前に、私も早く相手を見つけなきゃ――

あー……なんか、頭がふわふわしてきた。一気に飲みすぎたかな……

まぶたが重くなってきて、ゆっくりと目を閉じる。

「そんなにほしいならさ」

それまでよりもずっと近くで、氷上の声が聞こえた。

反射的に目を開けると――鼻先が触れそうなほど、彼の顔が近づいていることに気が付く。

「俺でよくない？」

「氷上……？」

それってどういう意味？

脳内で繰り返し考えつつ、今の私には、その言葉が本当に氷上の口から放たれたものなのかどうか、判断がつかない。

思考がクリームのようにとろとろと溶けていく。アルコールがもたらした恍惚《こうこつ》によって、徐々に視界が暗くなり――なにも見えなくなった。

目を覚ましたとき、自分がどこにいるのかまったくわからなかった。

視界に映し出される真っ白な天井と、おしゃれな木製のシーリングライトで、ここが自宅以外のベッドであることだけはすぐに理解する。

……あれ。私、なにしてたんだっけ……？

――あぁそうだ。アプリの人と会って、その帰りに氷上の家に行って、ご飯食べて、お酒を飲んで……そのあと……？

「……っ⁉」

記憶を辿《たど》っていると、なんだか肌寒い。

思わず両腕を擦《こす》ったとき、シーツの下の自分が素《す》っ裸《ぱだか》であることに気付き、言葉を失う。

――服、着てない。なんで……？

愕然《がくぜん》としながら寝返りを打つ。

「っ！」

そこにはもっと衝撃の光景が広がっていた。シーツに包《くる》まり全裸で寝ていた私のすぐとなりで、氷上が私のほうへ身体を向けて眠っている――あろうことか彼も、上半身が裸で。

え？　え？　どうして？　なにが起きてるの？

慌てて辺りを見回してみる。

見慣れない部屋だ。ここはどうやら寝室らしい。薄いグレーのカーテンの隙間から差し込む陽《ひ》の光によって、朝になったことを知る。

……思い出せない。私、昨日なにをしたの？

どうしてこんな状況になってるの……？

最新の記憶を必死に呼び起こす。

……えっと確か、けっこう酔っててなんでも話せちゃうテンションだったから、彼氏がほしいって話をしたんだ。そしたら——

『俺でよくない？』

氷上に迫られて、そう訊《き》かれたような……いや、でもわからない。その辺りの光景はぼやーっとしていて、私の脳が勝手に作り上げた幻想なのかも。

久々に彼の部屋に呼ばれて少しドキドキしてたから、その可能性が高い。

二日酔いになっていないことだけが唯一の救いだ。これで体調にまで影響が出ていたら、目も当てられない。

ベッドの周辺に、私が着ていたワンピースやら、下着やらが散乱している。

私はすぐそばにいる彼を起こさないように慎重にベッドから這《は》い出《で》たあと、そっと床に着地した。

それから、点々と散らばる衣服をかき集める。

——早く着なきゃ。そしていったん外に出て落ち着こう。このまま氷上と同じ空間に留まるなんて耐えられそうにない。

ブラとショーツ。キャミソール。ワンピース。デニム。それらを順番に身に着けていく。コートは確かリビングのハンガーにかけてあるはずだ。このまま部屋を出て、リビングへ――

「おはよう」

――向かおうとしたところで、背後から声をかけられる。

私は錆《さ》びついたブリキの人形のように、ぎこちなく振り返った。

「っお、……おは、よう」

もっと自然に発したつもりが、実際はほとんど音にならなかった。

いつの間にやら目を覚ましたらしい氷上が、そこに立っている。手を伸ばせば触れられる距離だ。

「もう帰るの？　ちょっと待って」

彼は私の手首を取って引き寄せると、そうすることが自然であるかのようにそっとハグした。

「きゃあああああ！」

私は悲鳴を上げながら彼の胸を押す。厚みのある胸板に指先が触れると余計にドキドキして、ただでさえ鈍い思考が停止する。

……め、目のやり場に困る。

極力、彼の首から下を見ないように努めながら、一歩下がって距離を取った。

「声デカすぎ」

「ご、ごめ……だって、氷上が急にそういうことするからっ……」

外国人じゃあるまいし、挨拶《あいさつ》代わりにいきなりハグされたら戸惑う。

思ったよりも彼の背丈《せたけ》が高いことに、今さらながらびっくりした。

これまでの接し方では、体格の差を感じる場面はほとんどなかったから、彼が異性であることをまざまざと見せつけられた気分だ。

っていうか、氷上はなにを考えてるの？　どういうつもりでハグなんて……

「そういうことって、どういうこと？」

「だ、だから……だ、抱きしめたりする、ことっ……」

氷上がしらじらしく訊《たず》ねるので、口ごもりながら答える。すると彼は、残念そうに眉を下げた。

「傷つくな。夕べはあんなに積極的だったくせに」

「え……!?」

……積極的、とは？

心当たりがまったくないため、もう一度昨夜の記憶を辿《たど》ってみる。

けれど、記憶そのものを持ち合わせていないわけだから、確認のしようがない。

「熊谷のほうから誘ってきたのに、その反応はないだろ」

誘うって――えっ、えっ？　そういう意味の誘う？　男女的な意味で？

……バカな。私がそんな大胆なことを、よりにもよって氷上に仕掛けるはずがない。

「まさか覚えてないなんて言わないよな？」

そう思うのに、目の前の氷上の表情は至って真剣で、とてもうそを吐《つ》いているようには見えない。

――全然、覚えてない！

……とは、言えるわけがない。

この年になって、酔って男友達を誘い一線を越え。しかもそれをまるっと忘れてしまうとか……あまりにも情けなさすぎる。

「もちろん覚えてるよ。あ、当たり前じゃない」

起きてしまったことはもう変えられない。なら、少しでも傷が浅いほうを選ぶのみだ。

私は狼狽《ろうばい》を押し隠し、もっともらしく虚勢を張った。

「へぇ？」

すると、氷上が意外そうに眉を上げた。私の様子から、忘れているだろうと予測していたのかもしれない。

「じゃあもちろん、身体の相性が抜群だったことも、覚えてるんだよな？」

——えっ、そうなの？

口に出して問いかけそうになるのをなんとか堪《こら》えた。

「……熊谷の気持ちよさそうな顔、今思い出してもそそられる」

昨夜の出来事を脳裏で辿《たど》っているのだろうか。氷上は興奮を帯《お》びた掠《かす》れ声《ごえ》でそうつぶやきながら、私の顔を熱っぽくじっと見つめる。

「と、当然。覚えてるけどっ」

平静を装《よそお》いつつも、私の心臓はバクバクと激しい音を立てていた。

——なに、その視線と声。こんな雄《おす》っぽい氷上、初めてなんですけど……？

「なら話は早い。そこで提案なんだけど」

氷上はうっすらと笑みを浮かべてこう言った。

「俺たちお互い、今は恋人がいないだろ。どっちかに相手ができるまでの期間限定で、こういう関係を続けるっていうのはどう？」

——は……？

「な、なに言ってるの。それってつまり……セ、セフレってこと……？」

「平たく言えばそうだな」

私は耳を疑った。

あっさりと肯定する氷上に、ぶるぶると激しく首を横に振る。

「む、無理無理っ。身体だけの関係なんて、そんなのっ」

氷上の言っていることがまったくわからない。

私たちはこの十年、健全な友人関係を築いてきたはずだ。なのにどうして、そんな不埒《ふらち》な真似をしなければならないというのか。

しかも私の最後の記憶では、氷上には好きな人がいるはずだ。なかなか思いが通じなそうだと話していたその女性の存在があるにもかかわらず、なんで関係のない私なんかと……？

「じゃあ熊谷は忘れられるの？　昨日のこと」

断固拒否する私に、氷上は思わせぶりに問いかけてくる。

「今さら潔癖ぶったって、一度シてるんだから意味ないよ。ふたりであんなに気持ちよくなれるってわかったんだから、また触れ合いたいと思うのは自然なことだろ」

「な……」

——ふたりであんなに気持ちよく……？　それくらい盛り上がったのか……

って言われても！　その昨夜の記憶がないんだからわからないんだってば！

「それぞれフリーなんだし、誰かを裏切ってるわけじゃないよな。セフレって言うと聞こえが悪いけど、俺たちが友達であることは変わらないわけだし、メリットしかなくない？」

妄想ばかりを膨らませていると、氷上が解《げ》せないとばかりに私を説得する。

「え、でもっ」

「それとも、熊谷にはなにか不都合がある？　あるなら教えて」

そう言われてよく考えてみたが……明確な不都合というのはないのかもしれない。

むしろ、私にとっては好都合のように思えてくる。

好きな人と恋人同士のように触れ合えるのだ。そこに気持ちが伴《ともな》っていなかったとしても、形だけでも氷上に求められる存在になれる。

……それって悪いことではないのでは？

そんなふうに思いかけて、もうひとりの私が「いやいや！」と騒ぎ立てる。

普通にだめでしょ！　だめだめ。だめ！

私は氷上の彼女になりたいわけで、セフレになりたかったんじゃない。

身体のみ求められたってうれしくもなんともない。

だってそれは、私に特別な感情があるからじゃなくて、欲望を満たすためだけの行為なのだから。あまりにも空《むな》しい。

……でも。身体の関係を続けていれば次第に心も接近する——なんてこともあり得るのではないだろうか。

氷上にとって私は恋愛対象外で、なおかつ別に好きな人がいる。

どうせ叶わない恋なのだ。それならこれをチャンスに変えて、一発逆転を狙ってみるのはアリなのかもしれない。

「……いいよ」

悩みに悩んだあげく、声が震えてしまわないように気を付けながら、氷上に結論を告げる。

「不都合はないのかもしれない。お互いに相手ができるまでそうしよう」

「そうこなくちゃ」

私が並々ならぬ思いで決意したことなど、氷上は知る由《よし》もないだろう。普段とまったく変わらない気安さでそう言うと、屈託《くったく》のない笑みを浮かべ、私の顔を覗き込む。

「——話もまとまったことだし、さっそくしよ？」

「えっ」

再び私の手を取った彼のほうへ引き寄せられる。氷上は「だめ？」とねだるように首を傾《かし》げた。

……い、今から？

——そ、そんな、いきなりっ……まだ心の準備ができてないっ……！

「急に緊張するなよ。昨日のこと、ちゃんと覚えてるんだろ？」

私がよほど硬い表情をしていたのだろう。何を今さらとばかりに氷上が苦笑する。

そうだった。私にとっては初めての感覚だけど、昨夜のうちにことは済んでいるのだ。

「も、もちろん！」

「昨日みたいに、俺に任せて……ただ気持ちよくなればいいだけ」

「っ、氷上っ……」

氷上の両腕が背中に回った。

頭ひとつぶん高い彼に抱きしめられると、私の身体はすっぽりと彼の腕のなかに収まってしまう。

彼の体温に包まれている。その現実がまだ、受け入れられない。

腕の力が少し緩んだので、彼の顔を見上げた。ほどなくして、ゆっくりと近づいてくる彼の唇。

「んんっ……」

伏せられた長いまつげにどぎまぎしているうちに、唇同士が優しく重なった。

――うわ……氷上の唇、柔らかくて熱いっ……！

その新鮮な感触に、私は目を閉じることさえもできないままフリーズする。

上下とも薄い唇は、一度、二度と優しく私のそれを食《は》んでから、ゆっくりと離れた。

「びっくりした顔して、どうした？」

「っあ、べ……別に」

ポーカーフェイスを気取ろうとしたのに、上手くいっていない気がする。

――今さら言えないよ。交際経験のない私は、当然、キスも、セックスも……全部が初めてだってこと。どうすれば正解なのかが、まったくわからない。

私、昨夜はどんなふうに振る舞ってたの？

氷上の反応を見る限り、ちゃんと最後までできたんだろうけど……断片的な記憶すらない。

私のバカ！　なんで記憶がなくなるまで酔っ払っちゃったんだろう……！

「こっち来て」

「あっ」

昨夜の自分を叱咤《しった》していると、氷上は私の手を引いて、私たちが一夜をともにしたらしいベッドのそばまで連れていく。そのまま優しく私の身体を押したので、私はすとんとベッドに腰をかける形になった。

「一応訊《き》くけど、本当にいいんだよな？」

私を見下ろしながら、彼が静かに訊《たず》ねた。今ならまだ引き返せるという、最後の意思確認なのだろう。いざそうやって問われると揺さぶられる。

けれど、でも……

「氷上の言う通り、今さら潔癖ぶるのはおかしいよね。昨日シてるんだし」

私は決意を翻《ひるがえ》さなかった。

正しいか正しくないかで言えば、もちろん後者だ。けど、このピンチをチャンスに変えるのだと決めたのだから、貫《つらぬ》くしかない。

彼の目を見るのが恥ずかしくて、視線を泳がせながら告げる。

「……かわいい」

ひとりごとみたいに氷上が言った。そのたった一言に、心臓を撃ち抜かれる。

そんな言葉をかけられたのは初めてだ。高揚感と緊張が入り交じって、胸が苦しい。

好きな人に褒められただけで、こんなふうになるなんて、知らなかった。

「――せっかく服着てもらったところ悪いけど、また脱ぐことになるよ」

そう言うと、氷上はそっと私をベッドの上に押し倒す。そして、私の額《ひたい》や頬に優しく口付けながら、首筋や肩を撫《な》でる。

私がくすぐったさとぞくぞくする感覚に身を捩《よじ》っていると、その手が胸元に降りた。彼の長い指が、感触を確かめるかのようにゆっくりと膨らみを揉《も》みしだく。

「氷上っ……その手、やだぁ……」

衣服越しとはいえ、異性に胸を触られたことなんてないから、どうしても恥ずかしい。自分の意思とは関係なく顔が熱くなっていくのを感じながら、堪《たま》らず訴える。

「熊谷って意外と胸大きいよな。普段はさ……あんまり身体のラインが出ない服着てるから、気付かなかった」

「んんっ……んっ……」

彼の口から、自分の胸の大きさについての感想を聞く日が来るとは想像していなかった。

氷上が触れる場所すべて、微弱な電気を流されたみたいにぴりぴりする。我慢しようと思うのに、どうしても声がもれてしまう。

「声かわい……もっと啼《な》かせたい」

私の身体をまさぐっているうちに、氷上も昂《たか》ぶってきているのだろう。呼吸が浅く、間隔が短くなってきているのが感じ取れる。

ワンピースの前のボタンを彼が器用に外してキャミソールと一緒に脱がせると、私は腰から上はブラだけという心もとない姿になる。彼はカップから膨らみを持ち上げるように露出させ、その頂《いただき》を指先で転がした。

「んんっ……！」

彼の乾いた指先で胸の先を圧し潰されたり優しく扱《しご》かれたりすると、触れられていないお腹《なか》の奥まで切なく疼《うず》く。

「こうやって弄《いじ》られるの気持ちいい？」

「あ、んっ……」

甘美な刺激と羞恥《しゅうち》に抗えず、ぎゅっと目を瞑《つむ》りながらうなずいた。

「本当だ。すぐに尖《とが》ってきた」

氷上の愛撫《あいぶ》に私の身体は即座に反応しているようだ。彼はそれを指摘すると、触れるだけでは飽き足らず、その場所にキスを落とした。

「つあ、だめぇっ……！」

温かい舌で胸の先を掬《すく》われ、吸い立てられる。指でされるよりもずっと強い快感が弾けた。

その初めての感覚に少し怖くなって、激しく身を捩《よじ》りながら氷上の頭を押しのけるようにして彼の動きを制そうとする。彼のサラサラした髪の感触が、指先に伝わる。

「どうして？　ここはもっと吸ってほしそうだけど？」

「んんっ、は……恥ずかしい、からっ……あぁっ……！」

こちらを見つめる彼と視線がかち合い、どきんと心臓が高鳴る。彼は、中断する気はないとばかりに胸の先を口に含み、愛撫《あいぶ》を再開した。

「っ、は……これからもっと、恥ずかしいことするのに……？」

「あぁっ――しゃべりながら吸わないでっ……んんっ……！」

敏感な場所ゆえに、声の振動でさえ刺激に変換される。

片方の頂《いただき》を愛撫《あいぶ》し尽《つ》くすと、彼はもう片方も同様に攻め立ててきた。

――なにこれっ……ぞくぞくして、なにも考えられなくなるっ……！

「……熊谷がそういう、やらしい声出すなんて全然知らなかった」

「あっ、んんぅっ……」

「もっと教えてよ。俺が知らない、かわいい熊谷のこと」

愛撫《あいぶ》の合間に紡《つむ》がれる台詞《せりふ》が、まるで氷上のものじゃないみたいに聞こえる。

ただこの場を盛り上げるためのスパイスであるとわかっていても、勘違いしてしまいそうだ。彼が、私との関係をもっと深めたいと思っているみたいに。

「こっちもしてあげる――」

脇腹を撫《な》でていた手が、デニムのボタンに差しかかる。難なく外してジッパーを下ろすと、その隙間から差し入れてきた。そしてショーツ越しに、下腹部に触れる。

「んんっ、ぁあっ――あ、だめぇっ、そっちは……」

「だめ？　……濡れてるから？」

「っ……！」

ずばり言い当てられ、言葉に詰まる。手の動きを止めようと、思わず彼の腕を掴《つか》んだのに、逆にそれを振り払われた。

「俺に乳首舐《な》められて感じたんだ。だからこんなに……下着の上からでもわかるくらい、びしょびしょになってるんだろ？」

「っあ！」

確信を得た様子の氷上が、下腹部に触れた指先を動かしながらしたり顔で訊《たず》ねる。

いじわるに示すその言葉通りに、私のショーツは未知の快感によってその中心をはしたなく濡らしていた。彼が指先をくすぐるように動かすのに合わせ、切ない愉悦が駆け抜けるとともに、くちくちと水っぽい音が聞こえる。

「――い、言わないでよっ……」

「恥ずかしくて泣きそうな顔してるのも……めちゃくちゃ新鮮」

「んんっ……！」

ジッパーの開いたデニムのなかで蠢《うごめ》く指先は、程よい締め付けのおかげで感じやすい場所にフィットして、腰が浮くほどの刺激を送り続けてくる。

やだ……恥ずかしいのに、気持ちいい……こんなの、知らないっ……！

「熊谷ってさ……よくも悪くも、俺らの前であんまり女っぽいところ見せないじゃん。だからそういうふうに反応してくれるの、すごくかわいい」

私を煽《あお》る意図があるからなのか、その体勢のほうが愛撫《あいぶ》しやすいのかはわからないけれど、氷上が私の耳元でささやく。その間も下着越しに恥ずかしい場所を撫《な》でるのはやめない。むしろ、生地越しになにかを探しているみたいな所作に変わっていく。

「か……かわいいとか言うのやめてっ……」

羞恥《しゅうち》と快感で、頭が沸騰《ふっとう》しそうだ。自分でも情けない声だと思いながら乞《こ》う。

「なんで？　そう思ったから言ってるだけだよ」

――だってやっぱり、勘違いしちゃう。

氷上はその場のノリで言っているだけだとしても、私は――氷上のことを大好きな私は、その言葉の奥にあってほしいと願っている、彼からの特別な感情を求めてしまうから。

「触ってたらもうこんなに……。直接してほしい？」

ショーツの中心がぐずぐずになって、もう下着としての意味を成さなくなっている。氷上はそれを指摘しながら訊《たず》ねたけれど、私の答えを聞くより先に下着の内側に手を差し入れた。

「んんっ、あぁっ……！」

なだらかな恥丘を通り、茂みを撫《な》で、昂《たか》ぶりに潤《うる》む入り口に直接触れる。私はそれまでより何倍も感覚が鋭敏になったような気がした。誰にも触れられたことのない秘められた場所を、今、氷上に撫《な》で回《まわ》されている。そんな興奮が、神経をさらに研ぎ澄まさせたのかもしれない。

隔《へだ》たりがなくなると、氷上の指先の感触がもっと鮮明に感じられるようになる。私よりも長くて、太くて、骨ばったそれ。

溢《あふ》れた愛蜜を纏《まと》わせながら秘裂やその周辺をくすぐられると、鮮烈な喜悦が迸《ほとばし》る。

――すごい。これ、気持ちいいっ……！

経験がないなりに、こっそりとひとりで触ったことはある。自分でするのとはまったく違った。一度その感覚を味わうと、無意識のうちに腰が跳ね、快感を追いかけてしまう。

「気持ちいいんだ？　俺の指に大事なところ、押し付けて」

「気持ちいいっ……もっと、してっ……」

恥ずかしいのに。はしたないと思うのに。制御ができない。さらなる快感を本能が求めてしまう。

「素直だな。……じゃあもっとよくしてやる」

氷上は満足そうに笑うと、秘部に潜《ひそ》む敏感な突起を探り当て、二本の指で挟むように刺激し始める。

「んんっ、ぁあっ、それ、だめぇっ――あっ、あっ……！」

愛蜜でふやけそうな指先で摘まんだり転がされたりされると、頭のてっぺんまで響く強烈な悦《よろこ》びが溢《あふ》れ出《だ》して止まらない。

――だめっ、そんなにされたら、もうっ……！

「んんんんっ……！」

それでもまだ、かろうじて理性が働いていた。

私は唇をきゅっと結んで極力声のボリュームを抑えながら、氷上が与えてくれる悦楽を享受して——あっと言う間に、高みに上り詰める。身体が勝手に硬直して、びくん、びくんと打ち震えた。

「……イッちゃった？」

それは愛撫《あいぶ》を施《ほどこ》す氷上にもすぐ伝わったようだ。耳元でささやくように訊《たず》ねると、彼は私の頬にちゅっ、と音を立てて口付ける。

「ん……」

私は靄《もや》のかかった思考で彼の言葉を捉《とら》えながら、小さくうなずく。

——気持ちよかった。まさかこんなにあっけなくイかされちゃうなんて。

「見て、俺の手。こんなになるまで感じてくれたんだ」

「っ……ちょっとっ！」

ぼんやりと天井を見上げながら呼吸を整えていると、下着のなかからするりと指先を引き抜いた氷上が、愛蜜でてらてらと光るそれを見せつけてくる。しかもあろうことか、ぺろりと舐《な》めとった。

——なんてことしてるの!?　は、恥ずかしくて、気が変になりそうっ……！

「そっ、そんなの舐《な》めないでよっ……！」

「甘くてエロい味がする」

「し、知らないっ！」

そんなふうに羞恥《しゅうち》を煽《あお》られて、どうリアクションしろって言うのだろう。氷上にこんないじわるな一面があったとは。

私はふいっとそっぽを向く。するとおかしそうに声を立てて笑った氷上が、私の頬に触れ、真上から瞳を覗き込んできた。

「怒った？」

「怒ってはないけど、いじわるだな、とは思った」

「ごめん」

謝る割には、ちっとも悪いとは思っていなそうな口調だ。

……さすがモテ男。こういう状況、慣れてるんだなぁ。

「あの……氷上。ちょっと訊《き》いていい？」

「うん？」

訊《き》くべきかやめておくべきか。口に出す直前まで悩みながら、思い切って切り出す。

「私、その……昨日、初めてって……ちゃんと言ってた？」

「え？」

氷上の目が大きく瞠《みは》られる。

「……あ、後出しで悪いけど、私……実は、こういうこと初めてで。キスも、セックスも……男の人と付き合うことすら、経験が……ないの」

これ以上はごまかせる自信がなかった。というか、もしかしたらすでに勘付かれているかもという気もしているから、いっそカミングアウトしてしまうべきだと判断したのだ。

「……引いた、よね？　重い？」

二十七歳で処女とは、氷上も想像していなかったに違いない。私が男の立場でも同じことを考えるだろうから、彼を責められない。

「いや、全然……驚いただけ」

ほんの一瞬だけ固まっていたけれど、彼はすぐに首を横に振り、微《かす》かに微笑《ほほえ》んでくれた。絶対に引かれるだろうと思っていただけに、その返事はありがたい。

しかも――

「――教えてくれてありがとうな。じゃあ、熊谷に無理させないように気を付けるから」

私を気遣う言葉までかけてくれるのは、実践の経験値が高い証拠なのだろうか。

中途半端に脱げかけていた私のデニムを取り払うと、いよいよ下着姿にしてしまう。

――つまり、この先もする、ってことなんだよね……？

「昨日、大丈夫だったんなら、きっと平気だよね？」

なんだかちょっと怖い。そういう思いがあったから訊《たず》ねてみたのに、聞こえなかったのか、彼の返事はなかった。

ブラのホックを外され脱がされてから、ショーツをするりと脚から抜き取られる。

頭の片隅で、揃いのブラセットを身につけてきてよかった、と安堵《あんど》した。

手持ちのなかでセットアップは少なく、ばらばらのものをつけていることが圧倒的に多いのだ。

そういうところが、私が男性に縁遠い所以《ゆえん》なのかもしれない。

たまたま男性と会うというミッションがあったから、気合を入れる名目でセットアップを選んだわけだけど。それがこんな形でプラスに働くとは。昨日の私は露《つゆ》ほども考えていなかっただろう。

「熊谷、きれいだよ」

見る見るうちに素《す》っ裸《ぱだか》に戻ってしまった私のシルエットをなぞりながら、氷上がささやく。

「あ、あんまり……見ないで。スタイルとか肌とか、自信ない」

「きれいだって言ったろ」

そう言って笑うと、優しく腰を撫《な》でてから、まだ先ほどの絶頂の余韻で潤《うるお》いをまとっている秘裂にそっと指を這《は》わせた。

「んんっ……」

くちゅり、と淫靡《いんび》な音がするのが恥ずかしい。彼は指先で秘芽や入り口をくすぐりながら愛蜜を塗《まぶ》し、慎重に先を膣内へ埋めていく。

「っあ――」

「これ、痛い？」

「……ううん、大丈夫」

圧迫感は痛みのうちに入るのだろうか。……わからないけれど、我慢はできそうだから、首を横に振って答える。

「ゆっくりするから。痛かったら教えて」

十分に濡れていたおかげで、指一本分ならスムーズに受け入れられた。

氷上は隘路《あいろ》を広げるため、言葉通りゆっくりとした所作で指を挿《い》れたり出したりを繰り返す。

――まだちょっと違和感があるけど、じっくり慣らしてくれているおかげで、痛くはない。

でも考えてみたら、昨夜はもっと質量があるものを受け入れているはずなのだから広がって当然なのか。……私にその記憶がないだけで。

「っ、あ……んんっ、はぁっ……んんっ……！」

「もう一本挿入《はい》りそう」

膣内の指を二本に増やされると一時的にキツい感じがしたけれど、それも何往復かすると薄らいでいく。

「あっ――……！」

内側を掻《か》き混《ま》ぜながら、氷上の親指が秘芽を捉《とら》えた。興奮に膨らんだ感じやすい粒を捏《こ》ねられ、否応《いやおう》なしにお腹《なか》の奥がきゅんきゅんと疼《うず》く。

「ナカよりは、こっちのほうがいいだろ？」

「っあ、それっ……だめっ、またすぐっ……！」

「イきそうになる？」

私はこくこくとうなずいた。

一度達したせいか、さっきよりもつぶさに快感を感知できるようになっている気がする。氷上の指が潤《うる》んだ粘膜に触れるたび、途方もない悦《よろこ》びが下肢を貫《つらぬ》く。

「っ、だ、だから、待ってっ……んぁっ……！」

このまま愛撫《あいぶ》を続けられたら、すぐにでも気をやってしまいそうだった。

しかし氷上は秘芽をまさぐる指先の動きは止めず、もう片方の手で私の顎《あご》をそっと掴《つか》んで仰《あお》がせた。私の視線がしっかり彼の顔を捉《とら》えるように。

「感じてる熊谷の顔、ちゃんと見せて」

「やぁっ、見ないでっ……！」

堪《たま》らず両手で顔を覆《おお》う。

今の私は悦楽に支配され、きっとすごくみっともない顔をしている。昨夜さんざん醜態《しゅうたい》を晒《さら》していたとしても、恥ずかしいものは恥ずかしいのだ。

「見たい。見せて。……熊谷が俺に気持ちよくされてるところ、すごくドキドキするから」

「っ……」

——ずるい。そんな情熱的な瞳で、甘いトーンで、話したことなんてないくせに……！

胸がきゅんと切ない音を立てながら熱くなる。と同時に、氷上は膣内で抽送させている指を中指と薬指に替えた。

「あっ、あ——そこ摘みながら出《だ》し挿《い》れしないでぇっ……！」

親指と人差し指で秘芽を扱《しご》かれると、下肢だけでなく頭の奥まで激しい愉悦に揺さぶられ、呼吸が自然と浅くなる。弱いところを徹底的にいじめられて、目がちかちかした。

「かわいい、熊谷。……イきたかったら、イッていいよ」

泣きそうな声で懇願《こんがん》する私。一方、氷上は表情に劣情を宿しつつも、とても優しいまなざしで私を見下ろしている。

「んんんっ、ぁああっ……！」

絶えず与えられる鋭い快感は、あっという間に私の理性を壊していく。腰を捩《よじ》って苦痛にも似た悦《よろこ》びから逃れようとしているのに、氷上はそれを許してくれない。

「氷上、だめぇっ……私また、またイっちゃ……んんんんっ……！」

切迫した声で訴えながら、私は再び気が遠くなりそうなほどの恍惚《こうこつ》のなかへ身を投じた。頭のなかでばちんとなにかが弾ける音がした直後、緊張していた身体が一気に弛緩《しかん》する。

「っは……ぁあっ……はぁっ……」

快楽に翻弄《ほんろう》されるあまり呼吸を忘れていたらしい。慌てて胸を上下させると、氷上は膣内に埋めていた指をそっと抜いた。粘着質な重たい水音は、私がどれだけ強い悦《よろこ》びを感じていたかを示しているようで、また恥ずかしくなる。

「ごめ……わ、私ばっかりっ……」

幾分冷静さを取り戻すと、自分ばかりが快感を貪《むさぼ》っているようで申し訳ない気持ちが募《つの》った。

「いいよ。俺がそうしたんだから」

氷上はそんな私を責めることなく、むしろ満足そうにふっと微笑《ほほえ》み、ベッドマットの上に膝《ひざ》をついたまま上体だけを起こす。

「っ……氷上も、つらいよね……」

見てはいけないと思うけれど、目線がちょうど合うこともあり、彼の局部に視線が行ってしまう。分厚いデニムの生地越しでも、力強く勃《た》ち上《あ》がっているのが一目瞭然《りょうぜん》だ。彼の形を模《かたど》って浮き上がるその場所に、目が釘付けになる。

男性のそれを目視したことがないから基準がわからないけど、こんなに大きくなるものなのだろうか。

——き、昨日、このサイズを受け入れたってことだよね……？　想像するだけで痛そうなんですけど……？

恐怖心がさらに増してくる。でも、昨夜できていたことを断るわけにもいかないか……

このあとの展開に内心で震えていると、氷上がベッドから降りた。そして、私のほうを振り返る。

「……本当なら、このまま昨日の続きができたらよかったんだけど……悪い、タイムリミット。これから出かけるんだ。続きはまた今度、な」

枕元にあるデジタル時計に一度視線を送ってから、彼は苦笑を浮かべた。

「え、あ……うんっ……で、でもそれ、平気、なの？」

私はゆっくりと上体を起こしたあと、つられて時計を見る。

時刻は九時三十分だ。

一時休戦の流れにホッとしつつ、気にかかるのは氷上の生理的な反応。具体的になにとは説明しないまでも、わかるように問いかける。すると彼は「あぁ」とうなずきながら、私をからかうようにこう言った。

「熊谷がどうしても俺を襲いたいっていうなら、拒否はしないけど」

「お、襲うとか言わないでよ、人聞きが悪い」

私はただ、自分ばかり気持ちよくしてもらったから、それが悪いなと思っただけだ。

口を尖《とが》らせて反論すると、氷上はくっと喉で笑った。

「……先にシャワー浴びてくる。熊谷も、せっかくだから浴びて帰れば」

「あ、ううんっ。私は今日、予定ないから……家に帰ってからにする」

これから用事があるという氷上の邪魔になってはいけない。首を横に振って答えると、氷上は「そう」と言った。

「――じゃ、お先に」

彼はそれだけ言い残し、部屋を出ていった。氷上の足音が遠ざかると、私は改めて自分の身に起きたことを反芻《はんすう》し、思考がぐるぐると渦《うず》を巻くのを感じる。

――これは。これは、すごいことになってしまった……!

彼がここへ戻ってくるまでに着替えをして、出かける準備を済ませなければいけない。

なのに私は、なかなか動き出せなかった。

3

「京佳先輩、アプリの人と会ったんですよねっ。どうでした～？」

週明け。

出勤するとにこにこ顔の梨生奈ちゃんが待ち受けていた。

「あー……」

私は言葉を詰まらせながら、通勤用のトートバッグをデスクの上に置いて記憶を巡《めぐ》らせる。

そういえばそんなこともあった。個人的には、そのあとに起きた出来事のほうがずっと衝撃的だったせいで忘れかけていたくらいだ。

「下心見え見えの人だったから、ブロックしちゃった」

「あらら、そうでしたか～。それは残念でしたね。でも、そういう人ばっかりじゃないんで、次行きましょう、次っ」

「……そう、だね」

うなずきつつも、なかなか気が進まない。

「あんまり乗り気じゃないです？」

それは梨生奈ちゃんにもすぐ伝わったようで、彼女は不思議そうに首を傾《かし》げた。

「そういうわけじゃないんだけどね」

結婚を見据《みす》えた彼氏がほしい、という気持ちが消えたわけではない。

ただその思いとは別に、別の厄介《やっかい》な出来事が起きてしまったせいで、事情が変わりつつある、というか……

「……ところで。梨生奈ちゃんって、今まで何人くらいの人とお付き合いしたの？」

「え～、どうしたんですか、急に？」

「あ、うん、深い意味はないんだけど」

ふと思い立って彼女に訊《たず》ねてみる。

週末、悶々《もんもん》と考えていたことについて、恋愛経験が豊富そうな梨生奈ちゃんの意見を聞いてみたくなったのだ。

「そうですねぇ～……ええと、十五人、くらいでしょうか」

「けっこういるね」

二十五歳で十五人もいるなら、個人的にはかなり多いほうなのではと感じるけれど、どうなのだろう。モテる女子なら普通なのだろうか。彼女とは対極の立ち位置にいるため判断がつかない。

驚く私に、梨生奈ちゃんはそうでもないと示すように首を傾《かし》げた。

「ひとりひとりは短いんです。より条件のいい人がいたらアプローチするようにしてるので」

「さすがだね。行動が一貫してる」

彼女が『顔面偏差値』と『内面のスペック』を重視している人なのは聞いていたから、なるほどなと納得する。より優れた人が現れた時点でターゲットを変更するというわけだ。

「――そのなかで、身体だけの関係の人っていた？」

「身体だけ？　セフレってことですかぁ？」

「うん」

私が本題を切り出すと、彼女は寸分も迷わず首を横に振る。

「いませんね。自分を安売りしてる感じがして、好きじゃないですっ、そういうの」

「……だよね」

自分を安売り。梨生奈ちゃんの言葉が重く圧《の》し掛《か》かって、さりげなく落ち込む。そうとは知らない彼女が、矢継ぎ早に続けた。

「だいたい、不毛ですよ～。一時の快楽のために時間を無駄にするわけじゃないですか。セフレからその先に発展することなんてまずないのに、その人に時間を割《さ》く意味がないなぁって」

「セフレからその先って、やっぱり発展しづらいかな？」

「しないでしょう！」

当然だとばかりに言い放ってから、梨生奈ちゃんが急に真面目な顔つきになる。

「――先輩、逆の立場で考えてみてください。先輩が男だとして、諸々のリスクを顧《かえり》みず、欲望を優先してセフレを作るような女と真剣にお付き合いしたいと思いますか？」

「……思わない、かも」

「でしょ？　『そういう尻軽な女は機会さえあれば裏切る』って思うので、恋愛の対象からは外れますよね」

「仰《おっしゃ》る通《とお》り……」

彼女の言葉は理路整然としていて、説得力があった。深くうなずきつつ、余計に気持ちが沈んでいく。

「恋愛の駆け引きの基本中の基本ですよ。ここぞというときまでセックスしないんです。ちゃんとお付き合いをして、彼氏彼女の関係になってようやく解禁です」

「そこから起死回生のチャンスってないの？」

おそらく彼女はこれまでそうやって男性とお付き合いを重ね、成功してきているのだ。経験に由来するであろう自信に満ちた物言いに聞き入りつつ、それでも挽回はできないものかと訊《たず》ねる。

しかし――

「ないです。簡単にヤれちゃう女に、男性は魅力を感じない生き物ですから」

期待空《むな》しく、梨生奈ちゃんは容赦なくバッサリと斬り捨てた。

「そ、そっか。勉強になるなぁ……」

その理論でいうと、もう私は完璧に氷上の恋愛対象からは外れていて、今後どう足掻《あが》いても逆転できないということになる。ただでさえ沈んでいた気持ちが、底まで落ちていく。

――あぁ。やらかした。完全なる判断ミスだ。セフレになんてなるんじゃなかった。

でもあの場では彼の提案に応えるよりほかなかった。目覚めたときにはすべて終わっていたのだから、そこから軌道修正するのは不可能だったし。

私ってば、なにしてるんだろう。地道に友情を構築してきた氷上との十年間を、自分の手で汚してしまった気分だ。

――なんで記憶をなくして暴走するまで、飲みすぎちゃったかな。

これまでお酒で失敗したことはない。酒癖が悪いわけでもないし、そもそも飲みすぎるということがあまりなかった。ほどよく酔っ払うところでセーブできていると自負していたのに、こんな醜《しゅう》態《たい》を晒《さら》すとは情けない。

あの日、彼の家でお酒を飲み始める直前まで戻れるボタンがあるなら、私は迷わず押すだろう。どうせ報《むく》われないなら今すぐ戻りたい。あの日にも、純粋なる友人同士の関係にも――

「そんなこと訊《き》くってことは、先輩、そういう悩みを持ってるんです？」

「う、ううんっ、まさか」

鋭い梨生奈ちゃんの問いかけに、素早く首を横に振る。

「しゅ、週末に会った友達がねっ、好きな人とセフレになっちゃったって話をしてたから、どうなのかなって。私はそういうの、全然興味ないし」

これほど熱心に訊《たず》ねておいてしらじらしいかと思いつつ、認めると梨生奈ちゃんとの関係に悪影響が出そうだし、そんなふがいないことを知られるのにも抵抗があった。

彼女は言い訳のような私の言葉を案外すんなりと信じたようで、ホッと表情を綻《ほころ》ばせる。

「ですよね。先輩、真面目そうだし、だとしたら意外だなぁと思ってたんで、よかったです。お友達に、その彼とは絶対に上手くいかないので時間の無駄ですよって伝えておいてください」

「……は、はい」

――時間の無駄かぁ。

笑顔の一撃にぐさっと刺され、心のなかで呻《うめ》いているところに、オフィスの電話が鳴った。梨生奈ちゃんがすぐに反応して受話器を取る。

「はーい、お疲れさまです～島です」

オフィスの電話機は登録している発信元から着信があった場合、その名称が表示される仕組みになっている。液晶画面にはわが社が運営する保育園の名前が映し出されていた。

梨生奈ちゃんが園の職員とやり取りしている間に、今度は私のバッグのなかに入っていたスマホが振動する。メッセージを受信したようだ。取り出して内容を確認する。

『昨日は慌ただしくなってごめん。次はいつ会える？』

氷上からだ。

昨日は出かけるという彼に合わせて、十時半にはマンションを出た。もともと泊まるつもりはなかったのだから、謝る必要なんてないのに。優しい彼らしい言葉だ。

でもそのあとの文面は珍しいな、と思う。

これまでの私たちは、一昨日《おととい》の映画鑑賞しかり、目的ありきで会うことがほとんどで、会う予定だけを先に決めることはなかったのに。

これって、昨日の続きを期待しているのだろうか。

身体の関係をＯＫしてしまった以上は、こんな展開になるのは仕方ないと理解しつつ、なんだか寂しい。彼にとって私と会う理由が、低俗なものに成り代わってしまった気がして。

『氷上の都合に合わせるよ』

かといって今になって拒絶したり、距離を置いたりする勇気もなかった。少し考えてから、短くそう伝えるに留める。

気持ちの伴《ともな》わない行為だとしても、好きな人と触れ合える機会は貴重だ。特に私のように、彼の恋愛対象から外れている場合は。

『金曜の夜は？　熊谷に観せたい映画あったの思い出した。家来れる？』

返事はすぐに返ってきた。彼が求めているだろう行為以外の理由が添えられていたことに、幾分安心する。

『うん。大丈夫』

『じゃまた当日連絡する』

いつも通りの簡潔なやり取りに見せかけて、なにかが確実に変わり始めている。

そんな予感を覚えつつ、私はその日の業務の準備に取り掛かったのだった。

◆　◇　◆

あの記憶喪失事件を境に、私はだいたい週に一度のペースで、氷上の部屋に通うようになった。

会うときはかならず泊まりがけ。氷上の仕事のスケジュールに合わせ、週末のときもあるし、平日のときもある。その場合、私は氷上宅からオフィスへ出勤することになる。

訪れるのは、これで四度目。夕食を外で済ませてから、部屋に戻ってお互いにシャワーを済ませた。その際に、通勤着から、持参したブラウンのルームウェアのセットアップに着替える。

同じくシャワーのタイミングで、シンプルな黒のスウェット姿になった氷上とともに、ソファで彼が勧めたいというバンドの新曲を訊《き》いた。

「イントロのギターめちゃくちゃよくなかった？」

「いい。すっごくカッコいい」

「だろ？」

私が語気強くうなずくと、となりに座る彼がうれしそうに笑う。

彼のスマホにつながるワイヤレスイヤホンの右耳を私が、左耳を氷上が装着している。イヤホンを共有して音楽を聴くという行為がカップルみたいで、深い意味はないと理解しつつも、ちょっとだけテンションが上がる。

「氷上は私の好みわかってるよね〜。このバンド、あとで私のスマホにもダウンロードするわ」

「うん」

紹介してもらった曲も好きな雰囲気だったので、さっそく通勤のときにでも聴こう。

曲が終わったから、イヤホンを外して彼に返そうとした——そのとき、すぐとなりにいた氷上が、私の背中を包み込むようにハグしてくる。

「な、なに……氷上」

「熊谷の髪、いい匂い」

私の後頭部にキスしたあと、ついさっきドライヤーで乾かしたばかりの髪に顔を埋め、そうつぶやく。

「っ、氷上も同じ匂いじゃん」

距離感の近い接し方にはまだ慣れない。意識しすぎて、身体が硬直するのを感じながら口を尖《とが》らせる。

彼のバスルームにあるシャンプーやコンディショナーを拝借しているのだから、彼からも同じ香りがするはずなのだ。すっきりしたハーバル系の香り。

「そうだけど、なんか違う感じする」

「なにそれ」

何度か鼻を鳴らしたあと、「なんだろう」と言って氷上が笑った。

「……こっち向いて、熊谷」

ゆっくり身体を離すと、彼が急に甘い声音でささやいた。その一言で和気藹々《あいあい》とした雰囲気が、心地よい緊張を伴《ともな》う高揚感へモードチェンジする。

おずおずと彼のほうへ身体を向けると、氷上は片手で私の頬を包むように触れた。きれいな二重《ふたえ》の目が、ドキッとするくらいに真剣なまなざしを見せる。魔法をかけられたみたいに、その瞳から目を逸《そ》らせなくなっていると、彼が優しく口付けてきた。

「んっ……ふ、うぅっ……」

角度を変えて何度か唇を押し付けられたあと、熱くて分厚い舌が割り込んでくる。

氷上の舌の動きはとても巧《たく》みで、私の歯列や口蓋《こうがい》を舐《な》め、舌同士を絡め合わせ、少しずつ劣情を煽《あお》ってくるのが憎らしい。こちらはそれを真似るのに精いっぱいだ。

「っ、ふ……キス、慣れてきた？」

「わ、わかんない……」

唇を解放され訊《たず》ねられたので、正直に答える。

「そう。じゃあ、気持ちいいと思う？」

「……多分？」

甘く頭がふわふわする感覚は、気持ちいいと捉《とら》えていいのだろうか。

氷上としか経験がないため、断言ができない。

ゆえに疑問形で答えると、彼は整った顔を破顔させる。

「せめて、いやかいやじゃないかはわかるだろ」

「……いやだったらしてない」

好きな人とキスできるのは、このうえなくうれしい。

でも素直に答えるのは癪《しゃく》だから、ついひねくれた答え方をしてしまう。

「そっか。よかった。……なにか飲まない？」

彼は楽しそうに言うと、私の頭をくしゃりと撫《な》でた。そして立ち上がり、キッチンに向かいながら訊《たず》ねる。

「うーん……コーヒーがほしい」

このままベッドに行く流れになるかもと予想していたので、肩透《かたす》かしを食らった気分だ。希望を伝えると、氷上が「え？」と小さく叫ぶ。

「――大丈夫？　寝る前に飲んで、眠れる？」

「私は平気」

キッチンのカウンターに立つ彼に届くように、やや声を張って答える。カフェインが効きやすい人は控えることが多いみたいだけど、私は昔から影響がない性質だ。

「ＯＫ。淹《い》れるから待ってて」

「ありがと」

私はお礼を言い、手元にあったスマホに視線を落とした。

もうすぐ二十一時か。

十八時に退勤し十八時半には合流して二時間半。氷上といると、時間があっと言う間に過ぎていく。

彼と会うたびに、密《ひそ》かに不思議に思っていることがある。それは「セフレにならないか」なんて言い出した割に、彼がセックスに重きを置いていないことだ。

前回も、前々回も、キスやハグなどのスキンシップこそ多かったものの、どういうわけかセックスにまでは至らなかった。

……これってどういうことなのだろう？

私個人としては、現状のままで不都合はない。

会うたびに身体を求められるようになったら、完全にそういう要員であるとはっきり示されるのと同じだ。こうやって恋人同士の愛情表現にも似たコミュニケーションをしているほうが、まだ希望を見出せる。

だけど、氷上はそれで満足なのだろうか？　彼自身の生理的な衝動は、これまで一度たりとも満たされていないというのに。欲求不満に陥《おちい》らないものだろうか？

それと、考えたくなくてつい頭のなかから排除したくなるけれど……彼の好きな人の存在だって疑問だ。高校時代から彼を見ているが、女子と適当に付き合うタイプじゃないし、顔に似合わず誠実な考え方をしていて、そこが魅力でもある。

そんな彼が、好きな人へのアプローチを差し置いて、私とこんな説明のつかない関係を築いているのはなぜなのか。

氷上がなにを考えているのか知りたいと思いつつ、訊《き》くのは少し怖い。

そう考えているとき、スマホ画面の右上にあるバッテリー表示が、残り七パーセントであることに気付く。

充電しに行こう。

寝室の枕元にあるコンセントに、氷上の充電器が刺さっていたのを思い出し、彼の横を通り抜けて寝室に向かった。

充電器の端子を自身のスマホに差し込んでから、ベッドのフレームの上にそれを置く。

「あ……」

顔を上げると、ベッドの向かい側の壁に備え付けてあるピクチャーレールに、クリーニング済みのジャケットとスラックスがかけられているのを見つけた。

一瞬、冬物の私服かと思ったけれど、様子が違う。

まず目が行ったのは、白色のジャケット。左胸の部分には翼をモチーフにした見覚えのあるロゴが刺繍されており、袖のところに三本、金色のラインが入っている。ネクタイとスラックスは深いネイビーだ。

「コーヒー淹《い》れたよ。……って、なにしてんの？」

呼びに来た氷上が、ピクチャーレールにかかった服をじっと眺める私を見つけ、怪訝《けげん》そうに訊《たず》ねる。

「これ、氷上の制服？」

「うん」

左胸のロゴに心当たりがあって確かめると、彼はうなずいた。

そうだ。あの翼のマークは、日ノ和航空のロゴ。これは彼が業務の際に着ているパイロットスーツというわけだ。

「すごいね。ジャケットなんて真っ白」

「そうそう。だからいつも緊張する」

私はそばまで近づいて、ビニール越しのジャケットに軽く触れてみた。確かに、うっかりするとすぐに汚してしまいそうだ。

「こういうの、自分でクリーニングに出すの？」

「いや、会社でやってくれるよ。ただ、会社のロッカーに置ききれない予備を家で保管してるだけ」

「やっぱ予備とかあるんだ」

「制服は代わりが利かないからな」

「そっか」

それもそうだ。自分の立場を証明するためのアイテムでもありそうだし、扱いには気を遣うに違いない。私のような一般的な会社員は知らない類《たぐい》の苦労だ。

「ねえ、ちょっと着てみてよ」

私の横に並んだ氷上に言うと、彼はちょっと焦《あせ》ったように「え」と小さく叫んだ。

「――なんで？」

「いいじゃん。考えてみたら、氷上が仕事してるところを見たことないから。どんな感じなのかなって、気になって」

この制服を身に着けた彼を空港で眺めるのは、同業者でなければなかなか難しい。

もともと白がよく映える彼だから、きっとこのジャケットも似合うだろう。仕事中の彼の姿をほんの少しだけでもイメージしたい。

「やだよ、恥ずかしい」

「お願い。上着を羽織るだけでいいから。一瞬。ねっ？」

渋る氷上を拝み倒す。

彼の制服姿を目にするまたとないチャンスだ。必死にせがむと、彼はやれやれといったふうに息を吐いた。

「……仕方ないな」

勢いに負けた。そんな雰囲気で、ジャケットにかかっていたビニールを取り払い、サッと羽織ってくれる。

「——これでいい？」

「っ……」

もっとわかりやすくリアクションしようと思っていたのに、できなかった。

制服に身を包んだ氷上が、いつもの五割増しに素敵に見えてしまい、ついつい見とれてしまう。

——まるで、映画やドラマに出てくる人みたい。端整な彼の顔立ちに、清々《すがすが》しく洗練された白い制服がとても相応《ふさわ》しい。

「頼んだ割に、反応薄いな」

言葉が出なかったせいか、氷上が苦笑して軽口を叩く。

「そ、そういうつもりじゃ——思ってたよりもカッコよくて」

反応が薄いのではなく、その逆。彼のほうを向き、募《つの》る思いが多々あったせいだと説明しようとして、はっと口を噤《つぐ》む。

「へぇ？」

「っ……なに言わせんの」

「自分で言ったんだろ」

思わずもらした本音を聞き逃さなかった氷上が、私を見下ろしながらにやりと人の悪い笑みを浮かべる。

「惚《ほ》れ直《なお》した？」

「べ、別にっ。ていうか、すでに惚《ほ》れてる前提の言い方、おかしいでしょ」

多分、氷上が想像している何倍も、彼を魅力的だと感じている。だけどそれを悟られないように、平常心を貫《つらぬ》こうとする。

「確かに」

私の反応に、彼は声を立てて笑った。

「……まぁいいや。熊谷にそう言ってもらえて、かなりうれしい」

言葉通り、氷上はうれしそうに微笑《ほほえ》んで、私を優しく抱きしめる。

「せ、せっかくクリーニング出したのにっ」

ジャケットの肩や胸の部分に鼻や頬が触れる。白い制服だからちょっとしたことで汚れそうで、軽く彼の胸を押した。

「シャワー浴びたし」

「だめだよ。んんっ……」

制止の言葉なんて聞き流して、氷上が強引に抱きしめたまま、私の耳朶《じだ》を軽く噛んだ。驚いて鼻にかかった声をもらすと、それを期待していたとばかりに満足そうに笑う。

「今の声、かわいい。もっと聞かせて」

「やぁっ……んんっ……ぁ、んんっ……！」

まるで面白がっているみたいだ。氷上は耳朶《じだ》に歯を立てたり吸い付いたりしながら、そのたびに私の唇からこぼれる艶《なま》めかしい響きに聴き入っている。

「熊谷、耳弱いよな。甘噛みされるの気持ちいい？」

キスの延長で、たまに耳を愛撫《あいぶ》されることがある。そのとき露骨に反応していることに気付かれていたようだ。確信した口ぶりが腹立たしい。

「〜〜〜っ……ていうか、神聖な制服姿でこんなことしないでよっ……」

いかにも仕事中という装《よそお》いで、こんなプライベート極まりない行為をするなんて。こちらまでいけないことをしている気分になるじゃないか。

「今は勤務中じゃないからいいの。……で、質問に答えて？　これ、気持ちいい？」

耳元に落とされるささやきが妙に甘くて、セクシーだ。

彼は私に問いかけながら、耳輪《じりん》をぐるりと舌先でなぞったり、優しく食《は》んだりして刺激を与えてくる。

「ううっ、耳元で喋《しゃべ》らないでってばぁっ……」

彼が声を発するたび、舌や唇で愛撫《あいぶ》を施《ほどこ》すたび、背中にぞくぞくとした快感が走り、頭の奥がぼうっと痺《しび》れて、なにも考えられなくなっていく。

「耳だけでそんな蕩《とろ》けた顔して」

自分が今どんな顔をしているのかはわからない。でも、彼の昂《たか》ぶった瞳を見る限り、よほど彼の情欲をかき立てる表情をしているのだろう。

「……もっとめちゃくちゃにしたくなる」

「んんっ――……だめ、氷上っ……！」

ちゅ、ちゅ、とリップ音を立てながら耳朶《じだ》にキスを繰り返しつつ、彼は少しザラついた舌の表面で窪《くぼ》みや耳孔《じこう》を優しく突く。

劣情を煽《あお》られた私は、口では彼の愛撫《あいぶ》を制止しようとするけれど、その実、絶えず送り込まれる愉悦を享受してしまっていた。

「だめじゃなくて、イイんだろ？　熊谷」

「ふ、ぁ……んんっ、うぅっ……いじわるっ……」

氷上にはそれがバッチリと伝わってしまっている。指摘されるとなにも言い返せなくて、喘《あえ》ぎ混じりにそうつぶやくのが精いっぱいだ。

さんざん耳を嬲《なぶ》られ愛撫《あいぶ》し尽《つ》くされたあと、氷上がなにかを思い出したように身体を離した。薄く笑みを湛《たた》えた表情で、私に促《うなが》す。

「コーヒー冷めるから、先戻ってて」

――そうだ、コーヒーを淹《い》れてもらっていたのだ。眩《まばゆ》い快感に思考を奪われ、すっかり頭から抜けていた。

本当はコーヒーよりも、このまま氷上の甘い唇を味わいたかったかも……なんて思いが頭を擡《もた》げるけれど、言葉にできるはずもない。氷上はきちんと自分自身の理性をコントロールできているのに、私ばかりがいやらしい期待をしているみたいで、ものすごく恥ずかしくなる。

「……わ、わかった……」

顔が熱い。赤くなっているだろうことを悟られないよう踵《きびす》を返すと、制服を片付ける彼をその場に残し、逃げるようにリビングに戻ったのだった。

◆　◇　◆

週末を控えた金曜。

デスクの脇にある置き時計は十九時五十分を示していた。

「はぁ～……昨日からかかってやっと完了しましたねっ！」

「うん、思ったより遅くなっちゃったけど、なんとか終わってよかった」

椅子に座ったまま伸びをする梨生奈ちゃんを横目で見ながら、私もふうっと安堵《あんど》の息を吐く。

普段はほぼ定時で消えるオフィスの明かりがまだ煌々《こうこう》としているのは、たった今まで系列園すべての給与計算に追われていたからだ。

私と同僚の梨生奈ちゃんは、達成感を味わっているところだった。

と言っても、私たちが担当しているのは勤怠や有休取得・残業時間の確認までで、計算そのものは社会保険関係を担当してもらっている社労士事務所にお願いしている。

計算しなくていいなら楽なのではと思われがちだけど、これがそうでもない。非常勤職員含め、その月で変則的な働き方をしている人がいたらその確認が必要だし、園で取りまとめた残業時間や時間有休の計算が間違っている場合も多々あるため当該職員に確認を取る必要があり、場合によってはすぐに修正した書類を出してもらわなければならない。これを、系列園すべての職員を対象にして行うのだ。今はさすがに慣れたけれど、なかなか骨が折れる作業だ。

「今夜のデート、かろうじて間に合いそうです。今回ばかりはドタキャンも覚悟してましたけど」

左腕につけた華奢《きゃしゃ》なつくりの腕時計で時間を確認しながら、梨生奈ちゃんがこちらを見て微笑《ほほえ》む。

今日は、アプリ経由で最近お付き合いを始めたばかりだという彼氏とディナーデートの約束をしているらしい。「だからなにがなんでも終わらせないといけないんです！」と、彼女は朝から張り切っていた。

「ちなみに梨生奈ちゃんの彼氏って、どんな人なの？」

「普通ですよ～。上場企業の課長職です。写真、見ます？」

「うん、見せて」

私がうなずくと、彼女はスマホを操作しながら彼氏の写真をピックアップして椅子から立ち上がった。そして、わざわざ私のデスクまで来て、スマホを手渡してくれる。

「――わ、カッコいいね」

写っていたのは、ほどよく日に焼けた目鼻立ちが整っている男性。ぱっと見明るい雰囲気で、女性からも好かれそうな感じだ。

小さく叫んでから梨生奈ちゃんにスマホを返すと、彼女はふふっと恥ずかしそうな笑みをこぼしながら「ありがとうございます」と言った。

「しいて言えば、もう少し身長が高ければもっと好みなんですけどねっ」

「さっき普通って言ってたけど、イケメンだし仕事も順調そうだし、かなり素敵な人じゃない」

年は私よりも少し上、三十歳くらいだろうか。それで上場企業の課長をしているなんてだいぶ優秀だ。ちっとも普通じゃないと思うのに、梨生奈ちゃんは首を横に振る。

「現状に満足しないことが私のモットーなんですっ。サラリーマンも悪くはないんですけど、スペックの高い人ってまだまだいるじゃないですか～。もっとこう、医者とか、弁護士とか、パイロットとか、わかりやすいステータスがある男性との出会いがあったら最高なんですけどね～」

「……そういうものかぁ」

パイロット、と聞こえてきてドキッとする。

――梨生奈ちゃんに氷上を紹介したら、間違いなく気に入るんだろうな。

顔もスペックも申し分ない。彼女の理想にぴったり当てはまっている。

ふたりが並んでいるところを想像して、勝手に胸が痛くなった。私が紹介しない限りは接点もないので、関わることなんて絶対にありえないのに。

……もし私が梨生奈ちゃんみたいな子だったら、氷上の私に対する態度も違ったのかなぁ。

「私よりも、先輩はどうなんですっ？　最近、アプリの人と会ってますかっ？」

「いやー、全然……あんまりピンとくる人がいなくて」

ぼんやりと不毛なことを考えていると、梨生奈ちゃんが私に話題を振ってきた。

結局、その後アプリでは誰とも連絡を取っていない。また下心がある男性とつながるのがいやなのもあるけど、やはり氷上の存在が引っかかっているせいだ。

身体を求めてくる相手を警戒しているくせに、氷上とは図らずもそういう関係に陥《おちい》っていることに、自分でも矛盾を感じる……でも、私が相手をどう思っているかは重要なので、同じだとは思わないようにしていた。

「やっぱり、会話で絞《しぼ》るよりもとりあえず会っていくほうが効率いいと思いますけどね～、私は」

私の複雑な思いを知らない梨生奈ちゃんには、ただ単に行動を渋っているように感じられるのだろう。以前と同じアドバイスをくれる。

「あのさ、私の話じゃないんだけど……例の、私の友達の話。好きな人とセフレになっちゃったっていう。覚えてる？」

ここ最近抱えているモヤモヤを、彼女ならば解決してくれるような気がした。というか、こんなことを仲のいい友人には打ち明けられるはずもない。事情を知っている彼女になら話しやすかった、という点が大きい。

椅子に座ったまま梨生奈ちゃんを見上げると、彼女は「あぁ！」と思い出した様子でうなずく。

「――そのお友達、ちゃんと諦《あきら》められましたかね？」

「それが……好きな人とはまだ会ってるけど、セフレって感じではなくなってるみたいなの」

「と言うと？」

私は、氷上との現状のありのままを伝えた。もちろん、悩んでいるのは私自身ではなく、あくまで友人という設定で。

「――つまり、セフレになったはずなのに、会っても軽いスキンシップだけで、身体は求めてこないってことですか～。ふーん……」

「梨生奈ちゃん的にはなんでだと思う？」

スマホを持つのとは逆の手を口元に運んだ彼女は、淡いピンク色のジェルネイルを施《ほどこ》した人差し指を愛らしい唇に当てて考えるしぐさをする。

「なんでしょうね。普通なら迫ってきそうですけど。実は最初の一回で飽きちゃってたとか？」

「あ、飽き――そんなこと、ある？」

存外に大きな声が出てしまい、慌てて声のボリュームを抑える。梨生奈ちゃんは真顔でうなずく。

「全然あり得ますよ。そのお友達があんまり男性慣れしてなくて、テクとか反応に乏《とぼ》しかったりする場合とかなら」

「……っ！」

「下心があるから家には呼ぶけど、いざってときに男性ばっかり頑張らなきゃいけなくなるから、疲れちゃう、とか？」

条件的にはぴたりと当てはまっている。

確かに私は男慣れしていないから、男性のよろこばせ方なんて知らないし、それゆえにテクも乏《とぼ》しく、反応もかわいくないかもしれない。

――梨生奈ちゃんの説がすごく腑《ふ》に落ちた。目に見えない致命傷を負って、私の心はズタズタだ。

「まぁ、でもそのお友達も区切りをつけるいいきっかけになったんじゃないですか～？」

しかし梨生奈ちゃんは、むしろそれでよかったとばかりに、にこっと微笑《ほほえ》みを浮かべる。

「身体さえも求めてこなくなったら、いよいよ可能性はないと思います。もうお相手の男性にとっては、異性にすら見えてないかもしれませんねぇ」

「ど、どうして？」

「だって一緒にいても欲情しない相手になったわけですよ。そんなのセフレ以下じゃないですか。セフレになった時点で彼女に昇格する見込みはなかったですけど、今の話を聞く限りではマイナスの領域に達してますね」

「……マイナス」

その四文字にとどめを刺された。

彼女になれる可能性は、ゼロどころかマイナス。セフレ以下。

彼女がさらっと放った言葉の数々に打ちのめされ、呆然とする。

「先輩、その子にアプリ教えてあげたらいいじゃないですか～。新しい出会いに切り替えたほうが絶対上手くいきますって！」

「う、うん……勧めてみるよ、ありがとう」

梨生奈ちゃんが明るい調子で話題を終わらせようとしているのが、なおさらもう打つ手はないことを示しているようで悲しい。

力なく笑ってお礼を言うと、梨生奈ちゃんは再び腕時計に視線を落とした。

「じゃあすみません、私、待ち合わせがあるので、お先に失礼しますね。お疲れさまです」

「お疲れさま」

デートの時間が迫っているのだろう、彼女は挨拶《あいさつ》をして、軽やかにオフィスを出ていった。

ひとりになると、私は深いため息を吐《つ》いて、椅子の背もたれに置いていた通勤用のバッグから自分のスマホを取り出す。新着メッセージが一件あったので、それを確認する。

『こっちはいつでもいいから、仕事終わったタイミングで来て』

差出人は氷上。

実は梨生奈ちゃんと同じように、今夜は私にも約束があった。続きものの海外ミステリードラマを見よう、という誘いだ。

もし給与計算の書類作成が思うように進まなかったらキャンセルするかも、という旨《むね》を事前に入れておいたら、この返事なわけだ。

さっきの梨生奈ちゃんの話を聞いたあとでは、顔を合わせにくい。いっそ、もう少し書類の完成に苦戦していたならそれを理由に断れたのに、なんとか片付いてしまった。

……かといって、うそをついてまで断るのも気が進まないしなぁ。

――あぁ～……悩ましい。

『終わったから、今から向かうね』

悩みに悩んで、私は結局、氷上に会いに行くことにした。メッセージを送信し、荷物をまとめ始める。

望みがなくても、気まずくても、彼と会っている時間が楽しく心地よいものには変わりないのだ。

『わかった。食事まだだろ？　駅で待ってる』

さっそく届いた返事に目を通すと、私は戸締りをしてオフィスを出た。


氷上のマンションの最寄り駅にはおしゃれなカフェやバーが多い。

私たちがよく利用するのは、駅からほど近いアジアン系のダイニング。バリをイメージしているのか、やや薄暗い店内に白いカーテンと緑色の観葉植物のコントラストがリゾートっぽさを演出しているし、温《ぬく》もりのある木のテーブルとイスになんとなくホッとする。

お互いビールが好きなので、ここでサクッと一杯飲みながら、フルーツを使ったサラダやスパイスの効いた魚のフリットなどをよく注文していた。

食事は一時間程度で済ませ、氷上の部屋へ。

私たちはついつい映画やドラマに夢中になってしまうため、寝落ちしてもいいようにシャワーは先に済ませることにしている。

順番はいつも私が先で、氷上があと。入念なドライヤーやスキンケアなど、私のほうがやるべきことが多いためだ。

氷上がシャワーを浴びている間、私はテレビも点けずに、ソファで膝《ひざ》を抱えながらひたすら考え込んでいた。

頭のなかを巡《めぐ》るのは、オフィスを出る前に梨生奈ちゃんから言われた言葉。

『下心があるから家には呼ぶけど、いざってときに男性ばっかり頑張らなきゃいけなくなるから、疲れちゃう、とか？』

——そういうこと？　呼んではみるものの「物足りないからやっぱりいいや」って？

でも……私の記憶が確かなら、氷上は身体の相性が抜群だと言っていた。身体の関係を持ちかけてきたのも彼のほうだ。

なんとなく、つじつまが合っていないような——

「どうした？」

「えっ？」

シャワーを終えたらしい氷上が、いつの間にかとなりに座っていた。至近距離で見つめてくるその瞳と視線がかち合い、私は素《す》っ頓狂《とんきょう》な声を上げる。

彼がバスルームを出たことも、となりにやってきたことも、まったく気付かなかった。それくらい、思考に集中していたのだろう。

「元気ないから。今日の仕事、やっぱりキツかった？」

「忙しかったけど、キツいってほどじゃ……」

「そう」

氷上の気遣わしげな視線を感じる。

彼は多分、私が仕事で疲れているると思っているのだ。それを裏付けるように、普段よりも優しいトーンでこう訊《たず》ねた。

「こないだの続き観ようかなと思ったけど、また今度にする？」

心配をかけているのがわかって、申し訳ない。

うじうじと悩むくらいならスパッと想いを伝えてすっきりするほうが性に合っている。「好き」とは言えないまでも、どうして身体を求めてこないのか、その理由くらいは訊《き》いてもよさそうだ。

でも、できない。

変に突いて、私の知りたくない不都合な事実が浮き彫りになったらと思うと、どうしても勇気が出ないのだ。

これまで氷上と築いてきた関係を崩したくない。

「具合悪い？」

胸のうちがモヤモヤで支配され、言葉が出てこない。結果的に黙り込んでしまい、氷上がいよいよ深刻そうにそう訊《たず》ねてきた。

「——ちゃんと教えて。無理しないで。……俺と熊谷の仲だろ。今さら気遣うなよ」

「氷上……」

身体の関係を提案されてからずっと、私は彼にとってその程度の存在だ、と受け取っていた節《ふし》がある。だけど、彼のこの反応を見るに違うのかもしれない。

ひとりの友人としては、私をとても大切に思ってくれているのは間違いなさそうだ。

そういうふうに言ってくれるなら、私も少しだけ、心を開いてみるべきなのだろうか……？

「あ、あの、氷上」

「うん？」

今にもすり抜けていきそうな勇気を必死に捕まえて、振《ふ》り絞《しぼ》る。左胸が激しく鼓動を打つのを感じながら、震える唇を開いた。

「――きょ……今日は、その……最後までしてくれる？」

氷上の反応を盗み見る。

怪訝《けげん》そうに眉根を寄せ、私の言葉の意味を掴《つか》みかねているふうだ。なんだか変な空気になりそうで、私は慌てて「ほら」と明るい口調で続ける。

「私たち……身体の関係込みの付き合いになったのにそういうこと、一切してないなって思って」

あくまで明るく、軽く、思いついた感じで。私がずっとそのことで悩んでいたとは、少しも感じさせない物言いで伝えると、氷上はようやく意図を理解したらしい。ちょっと困ったように笑いながら、首を傾《かし》げた。

「もしかして、俺に気を遣ってる？　会うたびにしなきゃいけないわけじゃないだろ。俺たち、それだけの関係じゃないんだから」

どうやら氷上は、私が彼のためを思い誘っているのだと解釈したみたいだ。その要素もまったくないとは言わないけれど、私はそんなに優しくない。もっと自分勝手だ。

――私が、まだ氷上に異性として求められる存在であると、確かめたいだけ。

「変なこと訊《き》くけど、私に欲情できる？」

あまりに直接的すぎる問いかと思ったけれど、正確に言葉にしなければ伝わらない気がした。

……ただ知りたい。氷上が私を抱けるのかどうか。

氷上が小さく息を呑《の》んだ。私をじっと見つめる表情からは、彼の感情は読み取れない。

答えを引き出したくて、私はさらに続ける。

「初めてそういうことがあった日から、氷上、全然しようとしてこないから、もしかして飽きちゃってるのかな、とか――んんっ……」

言葉を途中で遮《さえぎ》られたのは、突然、彼にキスされたからだ。両肩をしっかりと掴《つか》まれ、激しく、深く口付けられる。

「は、ぁっ……んんっ……ふ、ぁ……」

唇を割って入り込んでくる舌が私のそれを捕らえ、味わうようにじっくりと絡められた。歯磨き粉のミントの味と香りが広がる。ついさっき、私も使用したものだ。

「待っ、ひ、かみ……んぁ、いき、できな……」

いつもの氷上のキスじゃない。優しくじゃれるような口付けとは違い、私のすべてを奪うような強引なそれに、彼の胸を叩きながら途切れ途切れに訴えた。

「……熊谷は俺に襲ってほしいの？」

蹂躙《じゅうりん》し尽《つ》くしたあと、その唇が離れる。なぜか氷上は、微《かす》かに怒りを滲《にじ》ませていた。

「俺は俺なりに、熊谷のこと大事だから、自分勝手に求めないようにしようって思ってたけど……そんなふうに考えなくていいってこと？」

「っ……？」

……もしかして氷上は、私のために求めてこなかったの？

「もしそうならさっきの言葉は撤回する。今日は、熊谷のこと抱きたい」

氷上の左手が首筋を撫《な》でてからゆっくりと胸元へ下りていく。劣情の滾《たぎ》った瞳で私を見つめながら、はっきりとそう告げた。

「——拒否するなら抵抗して。そしたら無理じいはしないから」

私がいやなら中断すると意思を示しながら、左手は胸の膨らみをまさぐっている。ルームウェアの柔らかな生地とブラ越しに膨らみを持ち上げ、捏《こ》ねるような動きで刺激してきた。

「抵抗しないんだ？」

私の表情を窺《うかが》って訊《たず》ねる氷上は意外そうだ。私が彼を突っぱねると思っていたのだろう。「本当にいいのか？」と問うみたいに、私の目をじっと見つめる。

「……しないっ……」

彼に抱かれたいと願ったのは私だ。

羞恥《しゅうち》に身が焦《こ》がれそうな思いでうなずくと、氷上はソファの上に私の身体を横たえ、その上に馬乗りになる。

「もう、途中では終われないからな」

まるで我慢の糸が切れたみたいに掠《かす》れた声音でつぶやくと、再び唇を奪われた。

その間も、左手は私の膨らみをもてあそぶ。次第にルームウェア越しではもどかしくなったのか、ウェアの裾から手を差し入れて、ブラの上から揉《も》みしだいた。

「んっ、んんっ……」

「もうブラの上からでもわかるくらい尖《とが》ってる」

「言っちゃやだっ……」

シャワー直後の氷上の手は大きくて熱い。

触れられただけでも心臓がバクバクするのに、ブラの上から頂《いただき》を探るような手つきがいやらしくて、腰が疼《うず》いた。早くも反応を示していることを指摘され、親指と人差し指でカップの上から扱《しご》かれる。

「んんっ……！」

「本当のことだから仕方ないだろ。撫《な》でられるの、イイ？」

「胸の先、ぴりぴりするっ……」

息を乱しながらうなずくと、氷上は私の反応を確信していたふうにふっと笑う。

「そうだよな。ブラに擦《こす》れて、気持ちいいんだよな」

「んぁあっ……！」

両方の頂《いただき》を同じように刺激されると、乾いた繊維の感触に、淡い快楽がぱちぱちと音を立てて散るみたいだ。

「ずっとお預けだったから、ちゃんと見せて」

しばらく衣服の下で愛撫《あいぶ》を施《ほどこ》していた氷上は、ルームウェアの上着をたくし上げた。

彼と身体の関係を結んでからというもの、この部屋にやってくるときには、私は意識してかわいらしい下着をチョイスするようにしている。無論、氷上に少しでもかわいい自分を見せたいからだ。

普段は寒色系のものを選びがちな私にしては珍しい、淡いピンクのブラが露《あら》わになる。

「やっ……は……恥ずかしいんですけどっ……」

「こういうことしたいって誘ってきたのは熊谷だろ」

なにを今さら、と言わんばかりの彼は、ブラを外す時間さえ惜しいのか、カップをずり上げて頂《いただき》を露出させた。外気に晒《さら》されたせいでひんやりとした感触がした次の瞬間、温かくて柔らかいなにかに包まれる。

「んぁあっ……！」

下肢を貫《つらぬ》くぞくぞくとした感触に、私は震えた。氷上がその場所を舐《な》め口に含んだのだと少し遅れて知覚する。

舌先で突いたり扱《しご》いたりしたあと、彼は上下の唇で食《は》み、吸い立てる。ちゅっ、という艶《なま》めかしい音が鼓膜を刺激して、さらに快感を焚《た》きつけた。

「ツンってしてるから吸いやすい……吸ってるうちに、ちょっと赤くなってきた。平気？」

「んぅっ……平気っ……」

痛みは感じなかった。

それよりも、お腹《なか》の奥がじんと痺《しび》れる感覚が強くて、勝手に嬌声《きょうせい》がこぼれることのほうがずっと気がかりだ。

「そういうかわいい顔、反則。……脱がせるよ」

私の顔を眺めながらささやくと、氷上は反対の頂《いただき》を愛撫《あいぶ》しながら、ルームウェアのパンツに手をかけて、するりと両脚から引き抜いた。剥《む》き出《だ》しになった脚を足首から膝《ひざ》、太股《ふともも》へ辿《たど》るように撫《な》で、ショーツの際に到達する。

「さ……触り方がえっち……！」

触れるか触れないかの絶妙なタッチがくすぐったくて身悶《みもだ》えしていると、彼は私の肌の感触を楽しむように瞳を細めたあと、「だって」と言う。

「――そのほうが気持ちよくなれるからさ。現に、ほら……濡れてきてるだろ？」

腰骨や恥丘を経由して、彼の指先がショーツの中心に移動する。彼が言葉にする通り、そこはさらなる悦《よろこ》びを期待して湿《しめ》りけを帯《お》び始《はじ》めていた。

「熊谷はここ、気持ちよくて好きだもんな」

「んんっ、ぁああっ……それ、やぁっ……！」

ブラとお揃いの淡いピンクのショーツの上から指を這《は》わせ、氷上がくすぐるように撫《な》でる。ソフトな刺激でも、敏感な場所に触れられると腰が勝手に浮いてしまい、私の身体は無意識のうちに彼の指先の動きを誘った。それを察した氷上が、くすっと声を立てて笑う。

「いやっていう反応じゃないけどな。でも、じゃあ、指じゃなくて」

「っ⁉」

両脚を強制的に開かされたと思ったのと同時に、真上にいたはずの氷上の姿が消えた――ように見えた。

正確に言うと、私の見えないところに移動したのだ。

脚を外側に開いたまま太股《ふともも》を押さえつけられ、急に下半身の身動きが取れなくなる。

「こういうほうがいい？」

楽しそうに問う声が、下腹部から聞こえた。彼はショーツの中心を横にずらした直後、その場所に顔を埋め、愛蜜を吐き出し始めた粘膜に舌を這《は》わせる。

「っ、やぁ、なにして――んんっ……！」

触れた瞬間、これまで経験したことのない感覚が下肢を襲った。指で触れられるよりもずっと鋭くて、直接的で、官能的な刺激に、意識を侵食されていく。

「――ば、ばかっ！　そんなとこだめぇっ……！　だめだってば……！」

「っ、こら、暴れんな……じっとして」

他人に見せたことのない場所を暴かれているという羞恥心《しゅうちしん》が、私の理性をどうにかつなぎとめている。

そこは舐《な》めるところでも、直視するところでもない。

拘束から逃れようとするけれど、氷上はそれを許さない。私の動きを封じながら、秘裂を舐《な》め上《あ》げ、溢《あふ》れる愛蜜を啜《すす》る。

「ふぅ、んんっ……！　あぁあっ……！」

「ナカからいっぱい溢《あふ》れてきてる……聞こえる……？」

潤《うる》んだ粘膜や入り口の襞《ひだ》を舌先で押し広げられるたびに、下腹部にきゅんきゅんとした切ない疼《うず》きが走って、お腹《なか》の奥から熱くとろりとしたものがあとからあとから溢《あふ》れた。それをわざと音を立てて舐《な》めとりながら、氷上がいじわるに訊《たず》ねる。

「んんっ、だめって言ってるのにっ――頭、変になっちゃ……あ、ぅうっ……！」

「なっていいよ。変になるところ、俺がちゃんと見ててやるから」

「あっあっあっ！　やぁあっ……！」

彼はそう言うと、入り口のそばに隠れた秘芽を露出させ、今度はそれに吸い付いた。私の身体のなかでもっとも感じやすい場所を重点的に攻められ、それだけでほかのことはなにも考えられなくなって、淫《みだ》らな声が抑えられなくなる。

――見られてる。氷上に、恥ずかしいところをいじられて、気持ちよくなっちゃうところ全部っ……！

「俺には全部見せて……熊谷」

甘い声音と鮮烈な刺激に追い立てられる。

氷上に全部見られちゃう。誰にも見せたことのない、いやらしいところ。彼の目の前で、余すことなく――

「んんんんんっ……!!」

小さな粒にひと際強く吸い付かれたそのとき、私は堪えられずに気をやってしまった。めくるめく恍惚《こうこつ》に抗えず、はしたなくも彼の顔に自分の下肢を押し付ける。

「びくびく痙攣《けいれん》して……本当にかわいい……」

とめどなく溢《あふ》れる愛蜜を啜《すす》ったあと、じんじんと熱を保つ秘裂を指先で突きながら、氷上がつぶやく。そのささやかな刺激でさえ、今は腰が引けてしまうほど強烈に思えた。

「氷上っ……」

彼と触れ合うと、身体が振り切ることのできない熱をまとったようにおかしくなる。自分が自分じゃなくなるみたいな、ちょっと怖いとさえ思える感覚。これを世のカップルたちが経験しているのだと思うと、不思議な気分だ。

充足感と僅《わず》かな疲労感のなか、縋《すが》るように氷上の名前を呼ぶ。彼は私の愛液で濡れた唇をぺろりと舐《な》めてから、薄く微笑《ほほえ》んでこちらを覗き込んだ。

「そんな目で見るなよ。今すぐでも熊谷のナカに挿入《はい》りたいのに、我慢してるんだから」

冗談っぽい言葉と裏腹に、その表情と声には切迫感があった。彼自身が言うように、本能的な衝動に耐えているような。

「しばらくしてないから、ちゃんと解《ほぐ》しておかないと——」

「んぁあっ……!」

まだ絶頂の余韻が引いていないのを知りながら、彼は自分の人差し指を舐《な》めて唾液を纏《まと》わせてから、ひくひくと震える入り口にそれを差し入れた。

「少しずつ広げるから心配しなくていい。俺のこと信用して」

「っ、あぁっ……」

ちゅぷ、と短い音を立てて容易《たやす》く侵入していく指先が、小刻みに内壁を擦り上げる。

「二本ぐらいはすぐ挿入《はい》りそうだなっ……これ、つらいか？」

「大丈夫っ……ん、ふぅっ……！」

異物感はほぼない。

氷上もそう感じ取ったようで、膣内の指を二本に増やしてゆっくりと抽送を始める。さすがに質量が二倍になるとお腹《なか》が膨れたときのような感覚になって、少し苦しい。呼吸が軽く乱れる。

「熊谷の好きなところ、こうやって……いっぱい撫《な》でたら、少しは感覚が紛《まぎ》れるだろ……？」

「あっ、ぁあんっ！」

私の変化をつぶさに捉《とら》えている氷上は、抽送しながら秘芽を転がし始めた。途端に腰が跳ね、ねだるような淫蕩《いんとう》な声がこぼれる。

――紛《まぎ》れるどころか、その強い快感に意識を持っていかれちゃってるんですけどっ……！

「っは……すごいな……もう三本呑《の》み込《こ》んで……」

弱いところを愛撫《あいぶ》されると、条件反射のごとく愛蜜が溢《あふ》れて止まらない。たっぷりと潤滑油《じゅんかつゆ》を得たおかげか、しっかりと慣らされたその場所は、氷上の長くて骨ばった指を三本も咥《くわ》えられるようになっていた。

抽送の水音も重みのあるものに変わり、お腹《なか》の底から未知の衝動が湧き上がってくる。

この渇望はなんだろう。氷上の指で慰《なぐさ》めてもらっているにもかかわらず、もっと塞《ふさ》いでほしい、満たされたいと待ち望んでしまう。

——指じゃないもので、もっと激しく愛されたい。

彼の指先が施《ほどこ》す刺激に馴染《なじ》めば馴染《なじ》むほど、その欲求が膨らんでいく。

「ひ、かみっ……お願いっ……」

私は生理的な涙を眦《まなじり》に浮かべながらつぶやいた。

「——お願い、もう来て……？　もう大丈夫だから……氷上のこと、感じたいっ……」

この不足感を満たすには彼を受け入れるしかないのだ、と感覚的に理解していた。はしたないとは思いつつ、自ら求めずにはいられない。氷上の顔を見つめて乞《こ》う。

「……煽《あお》るな。熊谷が痛がる顔、見たくない」

「平気だよ……は、恥ずかしいけど……お腹《なか》の奥疼《うず》いて、早くほしいのっ……」

私の経験が乏《とぼ》しいことを気遣ってくれるのはうれしいのだけど、一度は受け入れているのだし、今回もきっと大丈夫なはずだ。それよりは、この焦燥感《しょうそうかん》を鎮《しず》めたい。

「っ、お前、わざとかってくらい俺のこと挑発してくるな」

普段の私なら絶対に口にできない台詞《せりふ》だけれど、本能的な欲求には従わざるを得ない。そんな私の顔を見やった氷上の顔から、それまでかろうじて保ち続けていた余裕が完全に消え去った。

「そんなこと言われたら、俺も限界」

興奮に濡れた瞳が近づいてきて、私の唇にそっとキスを落とす。

「──熊谷がほしい。いいな？」

「うんっ……」

情熱的でいて切迫感のある問いかけに、私は小さくうなずいた。


氷上の部屋に泊まるときは、いつも彼のベッドで共寝をしている。初めてこの部屋で夜を明かしたときからずっとそうだ。

セミダブルのベッドは、職業柄睡眠を重んじる彼がいろいろなマットレスを比較して選んだというだけあって、適度な弾力があって寝心地がいい。

そのベッドに私の身体を横たえたあと、彼の手で残りの衣服を脱がされる。

彼のほうもスウェットの上を脱ぎ、次いで下も脱いでから、それらをベッドの下に放った。露《あら》わになったのはネイビーのボクサーパンツだ。前は今にもはち切れんばかりに膨らみ、一部が少しだけ濡れて色濃くなっている。私をほしいと思って、興奮してくれた証《あかし》なのだろう。

彼の身体をこんなに近くで見るのは初めてだ。前回、関係を持ったときは驚きすぎて直視できなかった。

鍛え上げられた胸板と腹筋、引き締まったお尻に太股《ふともも》。どこを見ても美しい。

それだけでも十分ドキドキして心臓が破裂しそうなのに、彼が自身に残された最後の一枚を取り払うと、猛々《たけだけ》しくそそり立つ怒張が飛び出る。

「なに？」

「あっ、ううんっ」

好奇心に負けてつい見入ってしまいそうになるけれど、さすがに失礼だ。

私はふるふると首を横に振って視線を逸《そ》らした。「そう」とうなずきながら、氷上はベッドのフレームに置いていた避妊具のパッケージを開け、自身に装着していく。

――いよいよ、しちゃうんだ。今さらながらすごく緊張してきた……！

一度経験済みなのはわかっているけれど、なんにせよ記憶がない。私にとってはこれが初めても同然。だから、そのときが近づくにつれ、心臓の鼓動が忙《せわ》しくなっていく。

「っ……！」

氷上の切っ先が身体の中心に押し当てられたので、私の上に覆《おお》い被《かぶ》さる彼をまっすぐ見上げる。

熱くて力強く脈打つそれは、羞恥《しゅうち》で直視ができないものの、私が想像していたよりもずっと大きくて逞しいのだと、触れ合った場所から伝わる。

あのときも思ったけれど、これが本当に私のナカに挿入《はい》るの？　……信じられない。

「熊谷」

私の名前を優しく呼びながら、氷上が見つめる。

「大丈夫だから。怖がらなくていい」

「……ん。ありがと」

緊張が伝わっているのだろう。私を安心させるべく言葉をかけてくれるのがうれしい。

「――キスして。氷上のキス、安心するから」

私が乞《こ》うと、彼はすぐに唇を奪ってくれる。

「んんっ、ふぅっ……」

唇と唇、舌と舌を触れ合わせるだけで甘いときめきが胸を駆け抜けた。同時に、恐怖に打《う》ち克《か》つ心強さを覚える。……大丈夫。氷上となら、怖くない。

「熊谷、挿《い》れるよ。痛かったら言って」

「来て、氷上っ――」

突き立てられた剛直が、膣内へ少しずつ押し進んでくる。

「つは、んんっ……ん、ぅっ……！」

予想はしていたけれど、指とは全然違う。それだけでお腹《なか》がいっぱいになってしまうような、すごい圧迫感だ。

でも、彼が慎重に慣らしてくれたおかげで痛みは感じなかった。むしろ、彼との物理的な距離が近づくにつれ、よろこびで満たされていく。

――私、氷上とひとつになってる。ずっと想い続けた彼と、身体だけでも……結ばれてるんだ！

「これで、全部っ……つらくない？」

氷上の切っ先が身体のいちばん奥に触れているのがわかる。

私を悦《よろこ》ばせるばかりだった彼は、やっと快感に辿《たど》り着《つ》けたのだろう。耐えるように肩を上下させながら、なおも私を気遣って訊《たず》ねる。

「うんっ……大丈夫、動いてっ……」

私はしっかりとうなずき、律動を促《うなが》した。

——氷上にも、ちゃんと気持ちよくなってほしい。

「わかった。でも、無理はするなよ——」

「んっ、あぁぁっ、氷上、氷上っ……！」

彼が緩やかにリズムを刻み始めると、居ても立ってもいられなくなるような衝撃が下肢を襲う。

……なにこれ、お腹《なか》の中身、全部持っていかれちゃいそうっ……！

「く、っ……あんまり、締めるなっ……」

「そんなの、わかんな、っ……」

彼を包み込む内壁が、無意識のうちに収縮しているようだ。指摘されても、私の意思が働いているわけではないので、どうにもできない。

「わかんない？　……お前のナカが俺にしがみついて、ぎゅうぎゅう締め付けて離さないのに？」

「やぁ、しらな——んんっ、ふぅっ……！」

言葉で指摘されると、羞恥《しゅうち》とともにそれを凌《しの》ぐ悦楽が湧き上がってきた。身体のいちばん深いところで絡み合いながら、彼を悦《よろこ》ばせているのだという事実に、特別感と心地よさを覚えずにはいられない。

遠慮がちだった律動は、私の反応が色好いものであると伝わるにつれ少しずつ大胆になっていく。

彼は私の腰を両手でぐっと掴《つか》みながら、杭《くい》を打つような動きで屹立《きつりつ》を最奥に押し込んだり、うしろに引いたりする。

そのたびに、切っ先の張り出した部分と内壁が擦《こす》れて、得も言われぬ甘い痺《しび》れが駆け抜けていった。

「すごい……熊谷、めちゃくちゃ気持ちいい……っ」

「私も、イイっ……！」

お腹《なか》を掻《か》き回《まわ》される衝撃が次第に快感に成り代わっていく。

私は寄せては返す快楽の波に背を撓《たわ》ませながら感じ入った。

「──本当に身体の相性いいのかも」

「え？　っぁあっ……！」

絶えず私のナカを穿《うが》ちながら、氷上がぼそっとつぶやく。

『本当に』との言葉に多少のひっかかりを覚えつつも、意識はすぐに右胸へ注がれた。彼の動きに合わせて揺れる胸の膨らみの先を、氷上が指先で転がし始めたからだ。

「んんっ、ぁはぁっ！」

「俺だけじゃなくて、熊谷にもちゃんと感じてほしいっ……」

「んんっ、一緒にするの、やぁっ……！」

抽送しながらの愛撫《あいぶ》は、快感がそれぞれまったく別のルートから送り込まれるような感じがする。

──それ、だめっ……頭のなかが、気持ちいいことだけで染まっていくっ……！

「うそが下手だなっ……ナカ、もっととろとろになってきてる……やらしく勃《た》ち上《あ》がった先っぽ撫《な》でられて、気持ちいいんだろ？」

「んんっ、あぁっ！　氷上、んはぁっ……！」

貫《つらぬ》かれて、扱《しご》かれて、追い立てられる。氷上が与えてくれる快感に酔いしれ、身体がどこまでも浮き上がりそうで、私は彼の首元にしがみつく。

逞しい胸と密着すると、彼の体温が肌から伝播《でんぱ》してくる。その熱すら、今は悦《よろこ》びの一部となった。

「ごめん、熊谷……俺、これ以上は無理っ……」

肌を打つ弾けるような音の間隔が狭まって、氷上が切羽詰まった声で小さく叫んだ。

そして――

「――もう出るっ……！」

「ぁあああああっ……！」

最奥を貫《つらぬ》いた彼がぴたりと動きを止めたとき、熱杭《ねっくい》がどくんと大きく脈打った。

氷上が果てたのだと悟り、それを合図に私の快感の目盛りも振り切れて、再び達する。彼の首の後ろへ回した手にぐっと力が籠《こも》った。

お互いがお互いを抱きしめたまま、呼吸を整える。今さらながら、氷上の肌の温《ぬく》もりと滲《にじ》む汗の感触に、幸福感を覚えていた。

――大好きな人とのセックスって、こんなに気持ちいいんだ。

「……熊谷、平気だった？　その、最後……俺、セーブ利かなくて」

いつまでそうしていただろう。不意に氷上が私を見下ろして、すまなそうに訊《たず》ねる。

「う、うんっ……全然、大丈夫」

むしろ我を忘れてしまうほど私を求めてくれたことがよろこばしくさえある。

「よかった」

ホッとした表情を浮かべた彼は、私の額《ひたい》にキスを落とした。

まるで恋人にするみたいな、優しくて慈愛に満ちたキス。彼と相思相愛であるという錯覚に陥《おちい》りそうになって、ハッとする。

……勘違いしちゃだめだ。これは気持ちを伴《ともな》わない行為なんだから。あくまでお互いの快楽を追求するためだけ。キスも、ハグも、優しい言葉も、その場の雰囲気を盛り上げるための彼の気遣いにすぎないんだ。それを忘れてはいけない。

私は強く自分を戒《いまし》めながら、柔らかな微笑《ほほえ》みを向けてくれる彼を複雑な気持ちで見上げたのだった。

■□■

自分がこんなに卑怯《ひきょう》な人間だとは思いもしなかった。

約一ヶ月前の休日。俺は熊谷が見逃した映画が動画配信サイトで解禁になったと知り、彼女を家に呼び出した。

ふたりではいつも外で観る動画を、その日に限って俺の部屋で観ようと提案したのに、特に深い意味はなかった。

彼女が観たがっていたものを、時間を気にせず一緒に観たい。そういう安易な理由にすぎない。

この時点では下心はなかった――まだ。

「こうやって一緒に映画観て、感想を語り合える友達がいるのって最高だよねぇ」

映画を観終わり、ビールとピザで感想会をしていたとき。彼女がなんの気なしにもらした一言が、まずきっかけのひとつになる。

――友達。やっぱり熊谷は、俺のことを完全に気の合う男友達としか見ていないのか。

そう悟ってしまい、面白くなくなる。

でも仕方ない。熊谷は俺の想いを知らないのだ。俺が高校のころから約十年もの間、彼女だけを見つめてきたことなんて、これっぽっちも。

ずっと隠し続けたのだから当たり前だ。

本当はタイミングを見計らってきちんと気持ちを伝えるつもりだった。でもずるずると片想い期間を引きずってしまったのは、親しい友人としての関係を失うのが怖かったから。

「あぁ……彼氏ほしいなぁ……」

いつもよりも断然ピッチの速かった熊谷は、できあがるのも早かった。ソファの背もたれに寄りかかり、天井をぼうっと見上げながら、赤い顔でそんなことをもらす。

高校のころから男っけのない熊谷が、そんなことを考えているとは、と衝撃を受ける。

なんでも、ここに来る直前にマッチングアプリで知り合った男と初めて会ったらしく、ソイツが身体目当てだったという。酒が進んだのはその鬱憤《うっぷん》を晴らすためなのだろう。

話を聞きながら、内心で俺のほうが憤《いきどお》りを感じていた。そんな不届き者、一発殴ってやりたい。

それに――そんな報告をサラッと俺にする熊谷にも、同じくらい腹が立っていた。どうしてよりにもよって、好きな女のそんな話を聞かなければいけないのだろう。

昔から、彼女は比較的男友達が多い印象だ。いつもつるんでいるのは鈴村や田所だし、彼女自身「裏表がない分男友達のほうが気楽に付き合える」と話していた。

だからこそ、一度友人関係を築くと恋愛に発展しづらいのだろうか。もしくは、そもそもあまり恋愛に重きを置いていない？

どんな理由だろうと、恋敵が出現しないのならありがたい。

俺と熊谷は距離感が近すぎるゆえに気恥ずかしく、お互いの恋愛の話は避ける傾向にあったから、定期的に鈴村と田所を交えて近況報告を名目にした飲み会を行うよう心がけた。恋愛体質の田所がみんなにそういう話を振るだろうことは予想でき、熊谷の口から「彼氏はいない」と聞き出すことで、安心感を得ていたのだ。

それなのに、だ。

熊谷は密《ひそ》かに、アプリで恋人探しをしていたという。どこの誰ともわからない男と連絡を取り合い、体《てい》よく遊ばれそうになりながら。

これが、もうひとつのきっかけだ。

確かに年齢的にはそろそろ結婚を考える頃合いなのかもしれないが、身近なところから探そうという気にならないのが悔しい。熊谷にとって、友人は対象外ということか。

対象外と言えば、最近、自分でもうんざりするほど子どもっぽいことをしでかしたのを思い出した。直近で鈴村や田所を交え、いつもの四人で飲んだときのこと。

酔った田所が、俺と熊谷がよく会っていることを指摘して「付き合っちゃえばいい」と言ったのだ。

田所にしては最高のアシスト。きっかけさえあれば熊谷との関係を発展させる気満々だった俺は、その流れなら「付き合ってみる？」と訊《き》けるのでは、と思った。

実際、訊《き》いてみるつもりだったのだ。

断念したのは、熊谷が間髪《かんはつ》を容《い》れずにこう言ったからだ。

『勝手に決めないでよ。私と氷上はそんなんじゃないから』

かなりキツめの口調。正直、ものすごくショックだった。

少なくとも、熊谷に悪くは思われていない自信はあった。遊びに誘っても断られないし、他愛のないやり取りも頻繁にする。俺にとって、こういうコミュニケーションをしている女性は熊谷だけだ。だから熊谷にとっての俺も、同じような感じなのではないかと密《ひそ》かに期待していた。

でも違った。あくまで俺は友人のひとりで、恋愛対象ではないのだ。

落胆は反発心に変わり、俺も似たような言葉を口走ってしまう。そのとき熊谷が一瞬だけ見せた傷ついた顔が、今でも頭にこびりついて離れない。

もしかして俺は、余計なことを言ってしまったのだろうか。

後悔したところで時間は巻き戻せないし、熊谷もその後は別段気にしていないような態度だったから、その話題については改めて触れないまま、その日は解散した。

その流れからのあの日。

変な男にひっかかりそうになって、傷ついて。むしゃくしゃして飲んで。酔っ払って。そんな彼女を見ていたら、いよいよ自分の気持ちが抑えられなくなった。

「そんなにほしいならさ、俺でよくない？」

俺なら熊谷をもっと大事にするし、幸せにできる。そういう覚悟での言葉だ。

「氷上……？」

熊谷はつぶらな目を見開いて俺の名前を呼んだ。

「俺と付き合ってほしい。俺を、熊谷の彼氏にして」

この十年あまり、ずっと言えなかった言葉をようやく口にした。

友達期間があまりにも長すぎたせいで、どうにも照れくさい。だから彼女の目をしっかり見て伝えることはできなかった。

これでだめならすっぱり諦《あきら》めるしかない。『仲のいい男友達』というポジションを手放したくない一心で好意を伝えるのを避けてきたけど、もう限界だ。

そろそろはっきりさせたい。俺が熊谷にとって本当の意味で特別な男になれるのか、そうでないのかを――

「熊谷？」

意を決した告白の答えがいっこうに返ってこないことを疑問に思う。

彼女の顔を覗き込むと、ソファに寄りかかったまま、微《かす》かな寝息を立てて眠りこけていた。

「……マジかよ」

俺は愕然《がくぜん》とした。まさか告白の最中に寝られるとは。

――せっかく伝えられたと思ったのに。

「はぁ……」

……脱力だ。

俺は深いため息を吐《つ》いたあと、彼女の平和な寝顔を眺めながら、もう一本ビールを空けた。飲んでいるうちに、むしろ彼女が寝ていてくれてよかったのかも、と考えが変わる。

酔った勢いで告白するなんて不誠実だろう。彼女を想い続けた十年が真剣なものであればあるほど、場を改めて伝えるべきだったのだ。

自分にそう言い聞かせたら気持ちが晴れた。彼女をそのままソファで寝かせるわけにもいかないので、どうしようかと考えて――寝室に連れていくことにする。

邪《よこしま》な気持ちはない。あくまで、彼女の身体を痛めないよう、ちゃんとしたところで寝てもらおうと考えた、ただそれだけだ。

熊谷を横抱きにして、寝室に運ぶ。ベッドにゆっくりと下ろしながら、彼女の身体に触れるのはこれが初めてだな、と思う。

思いのほか軽く、柔らかい感触に心臓が跳ねたが、気付かないふりを決め込む。

今までは、こんなふうに眠り込んでしまうほど彼女が酔ったことはなかった。そうなる前に俺が止めていたからだ。たとえ仲間内の飲み会だったとしても、下心剥《む》き出《だ》しの奴が現れないとも限らないため、その点は十分に気を付けていたのだ。

だがその夜は精神的なストレスもあったのか酔いが回るのがやけに早く、俺は焦《あせ》った。ここが俺の自宅でよかった……と安堵《あんど》する反面、だからこそジレンマに陥《おちい》るのだと苦悩した。

熊谷に触れたい。キスしたい。抱きたい。

偽《いつわ》らざる俺の気持ちだ。

でもそれを行動に移してはいけないことも、理解していた。

「う……ん」

ベッドに横たえた彼女が寝返りを打って小さく呻《うめ》く。頬にかかった茶色く細い髪を耳にかけてやった。

彼女の身体だけ手に入れたって仕方がないのだ。俺は熊谷と付き合いたいのであって、即物的な関係になりたいわけじゃない。

「……ひ、かみ……」

そのとき、彼女が目を覚ましたかと思うと、むくりと起き上がり、ベッドに腰かけていた俺を見上げた。

「どうした?」

喉でも渇《かわ》いたのだろうか。喉奥から絞《しぼ》り出《だ》す声だ。

「あつい……」

そうつぶやいたあと、熊谷はあろうことか着ていた服を脱ぎだした。最初はワンピース、次にデニム。

だんだんと生まれたままの姿になっていく彼女を見てあっけにとられていたけれど、このままではまずい。

「あっ、おい……脱ぐなよ、着とけって」

とりあえずワンピースを羽織らせようとしたものの、寝ぼけているのだろう、熊谷には俺の声が届いていないらしく、煩《わずら》わしそうにすぐ振り払われる。

酔うと脱ぐ癖があるなんて聞いてない。

そうこうしている間に、彼女は下着まですべて脱いでしまい、まとめてベッドの下に放り投げてまた倒れるように眠り始める。

「……とんでもないな」

俺は試されているのだろうか。

好きな女が裸で寝ている。この状況で、襲わずにいられるほうが奇特だろう。

衝動的に着ていた長袖のシャツと、その下のインナーを脱いだ。このまま、なにが起こってもいい。そんな気持ちで。

……いや。でもできない。ここで熊谷の意思を無視して自分の欲望を満たすのは違う。俺はそういう、卑怯《ひきょう》な男にはなりたくない。

「っ……くそ」

結局、俺は思い留まった。極力彼女の肢体を見ないようにしながらシーツを被せ、彼女に背を向けて目を閉じる。

煩悩《ぼんのう》に打《う》ち克《か》つには、もう眠ってしまうしかない。

睡魔が訪れてくれたのは、朝方になってからだ。

目が覚めると、いそいそと服を着る熊谷の後ろ姿が見えた。

――熊谷のヤツ、さんざん俺を振り回しておいて、黙って帰る気なのか。

夜、俺がどんな思いで自身の欲望を耐えたと思っているのだろうか。

ちょっといじわるがしたくなって、彼女に思わせぶりな台詞《せりふ》を言ってみる。まるで俺たちが身体の関係を持ったように振る舞ったとき、どんな反応をするのか知りたくなったのもある。

明らかに動揺した熊谷は、前夜のことをすっかり忘れていそうな感じだった。だから当初の予定では、熊谷が「記憶がない！」と慌て出したら、すぐに「冗談だよ」と撤回する予定だった。

なのに彼女は、なぜか俺の作り話を肯定し始める。あるはずのない出来事を実際に起きたかのように話し出す彼女に、俺も途中から引くに引けなくなった。

……というのは言い訳で、それが本当の出来事であればどんなにいいかと、俺自身がいちばん願っていたために、つい欲が出たのだ。

熊谷は俺とセックスしたと信じ込んでいるから、いっそそれが真実だったことにすれば、彼女と距離を詰めるきっかけになるのではないかと。

正しいとか正しくないとか、この際もう考えないことにした。

俺は卑怯《ひきょう》で構わない。熊谷がほしい。もうこれ以上、ただの男友達でいる自分に耐えられそうにない。こんなまどろっこしい真似をしてまで、彼女が好きで堪《たま》らないのに。

最初はセフレでもいい。身体の距離が縮まれば、そのうち心も許してもらえる。長期戦を覚悟で、熊谷に俺を好きになってもらえばいいのだ。

でも――

『私、その……昨日、初めてって……ちゃんと言ってた?』

あの言葉には、心底驚かされた。

昔から男の影がちっとも見えないとは思っていたけれど、俺の知らないところで少しくらいは誰かと付き合ったり関係を持ったりしているかもと考えていたから――まさか、まったく男を知らないとは。

熊谷はそれを不名誉なことだと思っていたみたいだけど、俺にとってはこれ以上なくよろこばしいことに違いなかった。

キスもセックスも、俺とが初めて。俺だけが彼女のすべてを知ることができる。

その特別感が心地よく、愛しくて堪《たま》らなかった。

そうと知れば焦《あせ》って彼女を傷つけたくない。

まずは身体で俺を好きになってもらわなければいけないのだから、スキンシップを苦痛に感じられるのは逆効果になる。だから俺は最後までは求めずに、とにかく熊谷に満足してもらうことに専念した。

セフレという肩書きは、より彼女を誘いやすくなるという利点もあった。

とにかく恋人同士のように会う回数を増やして、俺がそばにいるのが自然である環境を作ろう。

そう思って、フライトのない期間で彼女の都合がつきそうなタイミングを見計らい、自宅に呼ぶようにする。

その間、なるべく彼女の身体には触れないように心がけた。俺からの好意を伝えるためにキスやハグのような愛情表現は積極的にしてみたけれど、それ以上の性的な触れ合いは、ただただ俺が下心を持っているだけの人間だと思われそうで、抵抗を感じたのだ。

もちろん、彼女が無防備な格好でとなりに座っていると襲いたくなるけれど……ひたすら耐える。あくまで俺のゴールは彼女と付き合うことなのだと、必死に自分に訴えかけて。

どうせなら心ごと結ばれたい。快楽を追求することも大事だけれど、俺がなによりもほしいのは、熊谷からの愛情なのだ――

……とか、たいそうなことを考えていたのに。俺はついに、熊谷を襲ってしまった。

すべてが終わり、安らかな寝息を立てている彼女を横目に眺めながら、自分で自分に呆れる。心ごと結ばれようという決心はどこへ行ったのか。

やっぱり俺は、卑怯《ひきょう》な人間だった。熊谷への気持ちが純粋なものであると自負していたのに、最終的には自分の衝動に抗えなかった。そういう、どうしようもない男だったということだ。

『――変なこと訊《き》くけど、私に欲情できる？』

『初めてそういうことがあった日から、氷上、全然しようとしてこないから、もしかして飽きちゃってるのかな、とか』

……あんなこと言われたら、さすがに我慢なんて利かないだろ。

意外な誤算だ。もしかして熊谷は、求められたかったのか？　でなければ、わざわさそんな台詞《せりふ》、口にしないだろう。

ほんの少しくらいは、俺を男として意識してくれているのかもしれない。それならどんなにうれしいか。

『そういや、氷上はなんでパイロットになろうと思ったわけ？』

この間、鈴村に訊《き》かれた言葉が頭を過《よぎ》る。

空に憧れがあったのは本当。子どものころの夢のままではなく、現実にしたくなったことも。

ただ、あのとき俺はひとつだけ言わなかったことがあった。

その夢を叶える原動力の一部には、「熊谷に認められたい」という気持ちが含まれていたことを。

異性として見られていないのは、ずいぶん前からわかっていた。

彼女の気持ちを動かすには、自分の存在をアピールすることが重要だと考えた。一目置かれる仕事に就けば、熊谷もきっと俺を見直してくれる。

……残念ながら、今のところは手応えを感じられていないけれど。

鈴村に、こんな単純すぎる理由を正直に打ち明けていたら、彼はどんな反応をしただろうか。

俺はそっと熊谷の額《ひたい》にキスをした。

一度寝たら、なかなか目覚めないタイプであることを、この一ヶ月で知った。家族以外の男でそれを把握しているのは、俺くらいであると思いたい。

「だから俺にも、まだ可能性はあるんだよな……？」

祈るようにつぶやく。

当然ながら、彼女からの返事はなく、ただかわいらしい寝息がもれ聞こえてくるだけだった。

4

年が明けて一月中旬の週末。

私と氷上は、彼のマンションの最寄り駅にある商業ビルに来ていた。

そこの四階にはシネコンが入っていて、私たちは公開されたばかりの映画を観た直後だ。

「前回から六年も空《あ》いてるし期待しないで観に来たけど、けっこう面白かったね」

上映終わりのシアターの扉からは多くの観客が吐き出されていく。私たちもその一部だ。商業ビルのエスカレーターに続く通路を歩きながら氷上に感想をこぼす。

「そうだな。ここ一年観たなかでも三本の指には入るかも」

「うそ、私も。もう一回観てもいいくらい」

毎度ながら、感覚が似通っていることを確認できるとうれしい。思わず笑みがこぼれる。

今回観たのは人気ＳＦ洋画の続編。私と氷上は一作目を大学生のころにふたりで鑑賞している。

二作目はいまいちパッとしないという映画のセオリーがあるのと、制作が難航したという情報を得ていたので、一応見ておこうかくらいのノリだったのだけど、結果的に素晴らしいものになっていると感じた。

私の言葉に、氷上が「わかる」とうなずく。

「――さすが氷上くん。私の感性についてこれるとはやはり優秀だね」

「偉そうに言うな」

尊大に言ってみせると、すかさず彼から突っ込みが入る。私たちは声を立てて笑った。

氷上とは、あれからも週に一回会って遊んでご飯を食べ、彼の家に泊まり、セックスをする。そんな関係が続いている。

これってもはや交際中のカップルじゃないか、と思うこともあった。

でも「私たち付き合ってるよね？」なんて話は出ないし、逆にどちらも「ちゃんと付き合おう」とも言い出さない。呼び方も苗字のままだし、「好き」という言葉も介在しない。

……いよいよ。完全なるセフレに移行してしまったわけだ。

悲しいけれど、ふたりでいる時間は楽しいし幸せなので、余計なことは考えないようにしている。というか、考えてしまうとあまりの不毛さにどんどん暗くなるので、落ち込まないためにも思考を目の前の面白いものごとに向けるように努力している、というか。

幸い氷上と会うときは、お互いの好きなコンテンツを愛《め》でることが多いので、明るい気分になれるのが救いだ。

それにしても、氷上は気付いているだろうか。ほんの少しでも意識してほしくて、彼と会うときには必ずスカートを穿《は》いていることを。

今日の装《よそお》いは黒のチェスターコートにグレーのニット、そしてデニムのタイトスカート。本当はもっとわかりやすくイメチェンしたいけれど、そうしたら彼に気があることがバレバレなので、なかなか思い切れなかった。でも、付き合いが長いからこそ、伝わっていると信じたい。

氷上は黒いダウンジャケットにストレートデニム、そして相変わらず好感度の高い白ニットをいやみなく着こなしている。なにを着ててもカッコいいけれど、取り分け白はよく似合うな、と改めて思った。

「そろそろなにか食べとく？」

「だね。この建物のなかにいろいろありそう」

時刻はもうすぐ十三時半。

氷上が訊《たず》ねたので、そのままエスカレーターで上階に上がり、レストランフロアで遅めの昼食でも取ろうという流れになった。

「あっ、京佳先輩っ⁉」

今まさにエスカレーターに乗ろうかという瞬間に、聞き覚えのある声に呼び止められる。私も氷上も足を止め、横に避けながら振り返った。

「――偶然ですねっ、先輩」

梨生奈ちゃんだ。階下から上昇してきたらしい彼女は、私を呼び止めるために少し走ったらしく、息を弾ませている。

白いフェミニンなコートに、ラベンダー色のワンピース、ファーのついたショートブーツという、職場で見るよりも甘くかわいらしい服装は、彼女の魅力を最大限に引き出していた。

「あれっ、どうしたの？　こんなところで」

意外なところで意外な人に会った。驚いて訊《たず》ねると、彼女はにこっと笑ってうなずく。

「はい、冬物の服を買い足しに――」

彼女の視線が私の横にいる氷上に移った瞬間、目がきらりと輝いた。

梨生奈ちゃんは氷上に礼儀正しく頭を下げる。

「初めましてっ！　私、先輩と同じ職場で働いている島梨生奈と言います。先輩、こちらの素敵な方は？」

顔を上げた彼女は、いかにも興味津々《きょうみしんしん》といったふうに私に訊《たず》ねた。

「えっと……わ、私の高校時代からの友人なの。氷上っていう」

「初めまして」

私が紹介すると、氷上も梨生奈ちゃんに軽く会釈《えしゃく》する。

「京佳先輩のお友達なんですねー、へぇ、そうなんですか～」

梨生奈ちゃんが愛想のいい笑みを浮かべながら、彼の頭のてっぺんからつま先までをくまなくチェックしているのが伝わってくる。

氷上は私の男友達のなかでもぶっちぎりのイケメンだ。きっと梨生奈ちゃんも彼に興味を抱いたのだろう。

「あの、先輩。お昼ご飯はもう済みました？」

「えっと、今、映画観てきたばっかりだから、まだだけど……」

「本当ですか？　実は私もまだなんです。よかったら、ご一緒しませんか？」

私の予想はばっちり当たった。おそらく彼女は、氷上と接点を作りたいのだ。両手を合わせてうれしそうに提案している。

「え？　あ……」

梨生奈ちゃんは仲のいい同僚だし、いやではないけど……個人的には、できれば氷上とふたりきりのほうがうれしい。でも、そんなこと言いづらいし。

私は氷上に判断を委《ゆだ》ねることにして、彼の顔を一瞥《いちべつ》する。彼は構わないと示すように一度うなずいた。

「――うん、じゃ、そうしよっか」

氷上がいいと言うなら同席してもらうことにしよう。

「ありがとうございます！　ここの八階にあるカフェ、落ち着いてていいんですよ～。そこにしませんか？」

「う、うん。梨生奈ちゃんに任せるよ」

私がうなずくと、彼女は「じゃ、行きましょうか！」と楽しそうに前を進み、エスカレーターに乗った。そのあとに、私と氷上も続く。

「ありがとね、付き合ってもらって」

「いや。熊谷の同僚の子、すごく明るいんだな。勢いがあるというか」

声を潜《ひそ》めて氷上と会話をする。純粋な感想を述べる氷上は苦笑した。確かに、ここまでの流れはかなり前のめりになっていた。

「……多分、張り切ってるんだと思う」

「なんで？」

「あ、ううん、こっちの話」

私は言及を避ける。彼はきっと梨生奈ちゃんにターゲッティングされているとは気付いていないだろうから。

梨生奈ちゃんのことは嫌いじゃない。むしろ仲良くしてくれるから好きなんだけど、氷上に出会わせてはいけなかった気がする。彼女の後ろ姿を見つめながら、私は急激な不安に襲われた。

いかにも男性受けしそうな容姿とファッションの彼女は、文句なしにかわいい。そんな子と一緒に過ごしたら、氷上も彼女に惹《ひ》かれてしまうんじゃないか。今すぐじゃなかったとしても、これから時間をかけてそうなっていくかもしれない。

数時間後、そんな予感が実感に変わっていくことになるのを、このときの私はまだ知らなかった。


八階はレストランフロアとなっていて、様々なジャンルの飲食店が並んでいる。

梨生奈ちゃんが連れていってくれたのは、有機野菜のサラダバーが売りのオーガニックカフェだ。カントリー風のかわいらしい内装も相まってコンセプト的に女子向けかと思いきや、季節の野菜カレーやせいろ蒸しの定食などの比較的ガッツリめのメニューも多くあった。

私と氷上は全粒粉のパンのBLTサンドとサラダのセットを、梨生奈ちゃんはローストビーフとアボカドのサラダをオーダーする。

こういうお店にはあまり来ないから、ついメニューを隅々まで見てしまう。

男友達が多い私は、食事に行くとなるとおしゃれなカフェよりはラーメン屋、定食屋、居酒屋などになるのがほとんどだ。だからこんな健康的なメニューではちょっと物足りなく感じるかと思いきや、食べてみるとそうでもなく、とにかく野菜が新鮮で味が濃く、おいしい。

「えっ、副操縦士……氷上さんってパイロットをされてるんですか～⁉　しかもあの日ノ和航空で！　すごい、優秀な方なんですね～！」

「優秀かどうかはわからないですけど」

私がサラダバーのハスイモという変わった野菜を咀嚼《そしゃく》している横で、梨生奈ちゃんと氷上の会話が盛り上がっている。お互いの仕事の話になり、氷上がパイロットだと知ってからは彼女のテンションがもう一段階上がった。

「優秀ですよ！　だって乗客の命を預かる責任重大なお仕事ですもの。素晴らしいですね、尊敬しちゃいます～」

「……それは、どうも」

氷上は愛想よく対応しているものの、梨生奈ちゃんの勢いにちょっと気圧《けお》されている雰囲気だ。これで氷上のほうからも梨生奈ちゃんに食いつくようだったらいよいよお邪魔虫だなと案じていたけれど、そういう反応ではないので助かった。

「私、パイロットのお仕事って詳しくないんですけど、きっと毎日お忙しいんですよねっ？」

「よく言われるけど、案外そうでもないですよ。一回の飛行距離が長ければ長いほど、休みが増えますし」

「へぇ、そうなんですか～。国内と海外、どっちが多いとかあります？」

「俺は独身で時間の自由が利くので、国際線を希望するようにしてます。休みが増えますから。でも、結婚して家庭を持ってる先輩なんかは、やっぱり国内線がいいみたいですね。日帰りで勤務できますし」

「でも飛行時間が長いと、ずっと気が抜けないですよね？」

「基本的には自動操縦ですけどね。長時間になる場合はパイロットも休憩が必要になるので、交代要員をちゃんと乗せてますから」

「あっ、ずっとコックピットにいるわけじゃないんですね～。だとしても、国際線は体内時計もくるっちゃって、なお大変そうですねっ」

「こればっかりは慣れですね。体質にもよりますけど……でも、そういう大変さよりも毎年ある試験とか、身体検査とかのほうに気を使います。引っかかるわけにいきませんし」

ふたりの会話を聞きながら、密《ひそ》かに「そうなのか」と感心する。

氷上とふたりでいるとき、あまり仕事上の細かい話をすることがないから新鮮だ。

考えてみると、かなり長い時間を彼と過ごしているにもかかわらず、パイロットの仕事内容や環境をほとんど知らない。興味がないわけではもちろんないものの、彼といるとそれ以外にも話したいことがたくさんあるから、後回しになりがちなのだ。

今の話だけでも、氷上っていろんな重圧と戦いながら仕事をしているとわかる。つくづく、パイロットって大変な職業だ。

「すごいなぁ。お話聞いてて、ますます尊敬しちゃいました」

そんなエピソードを、梨生奈ちゃんは終始、人の好い笑みを浮かべながら聞いている。相手の話には適度に相槌《あいづち》を入れ、百点満点のリアクション。さすがだ。

「氷上さんって、カッコいいですし、すごくモテそう。もちろん、彼女さんはいらっしゃるんですよね？」

梨生奈ちゃんの特にすごいところは、初対面なのに自分の訊《き》きたいことを臆せずにガンガン訊《き》くところだ。明るいノリでサラッと訊《たず》ねられると、一歩踏み込んだ質問でもついつい答えなければいけない気になるのだろう。「うーん」と小さく唸《うな》ってから、氷上が口を開く。

「いや、しばらくいないんです」

「えっ、そうなんですか？　意外です。作りたいとか思わないんですか？」

「年齢が年齢なので、そろそろほしいとは思ってますし、好きな人はいます。でも、なかなか上手くいかなくて」

好きな人。本人の口から聞いてしまうと、「やっぱりそうだよね」と密《ひそ》かにダメージを負う。

氷上の好きな人ってどんな女性なんだろう。高校時代の友達には思い当たる子がいないから、大学の友達か、やっぱりＣＡさんかな。いずれにしてもきれいな人に違いない。

どんな人か詳しく訊《き》いてみたいけど、知ったらやきもちを妬《や》きそうでいやだ。それに、その人と自分を比べて落ち込みそうだし……

「えぇ～、氷上さんみたいな人でも片想いなんてことあるんですね！　カッコいいし、お仕事も素晴らしいし、お話もしやすいし……振り向かない人なんていなさそうなのに～」

ややオーバーに驚いて見せる梨生奈ちゃんのその意見には同意する。完璧なルックスとステータスを持つ氷上に、オトせない女性はいない。彼が勇気さえ出せば、すぐに叶いそうなのに。

……って、私は叶ってしまったら困る立場なんだけどね。

「はぁ～。それにしても、先輩にこんな素敵なご友人がいるなんて全然知らなかったな～。どうして隠してたんです？」

セットでオーダーしたダージリンティーのマグに口をつけてから、梨生奈ちゃんが私に話題を振った。言外に、「紹介してほしかったな」なんて空気を感じる。

「か、隠してたってわけじゃ……。あんまり、職場で友達の話をする機会がなかっただけでっ」

焦《あせ》って否定しながら、もし私が氷上を好きじゃなかったら梨生奈ちゃんへ彼を紹介していただろうか、と考える。

……いや、それでもきっとしていなかっただろう。私と梨生奈ちゃんでは、恋愛に対する考え方が違いすぎる。

梨生奈ちゃんは男性を彼女の基準のなかで数値化する人だ。それはそれでひとつの考え方だし、正しいと考える人もいるのだろうが、私にはどうしても冷たい感じがしてしまう。

仮に氷上を紹介して無事お付き合いに至っても、彼よりももっとイケメンの大富豪が梨生奈ちゃんの目の前に現れたとしたら、彼女は少しも躊躇《ちゅうちょ》せず大富豪に乗り換えるだろう。そう考えると、梨生奈ちゃんには申し訳ないのだけど、大切な友達を積極的に紹介する気にはなれない。

彼女は「そうなんですか」とうなずいてから、改めて私と氷上を見比べた。

「……で、今日はおふたりで映画を観てたんでしたっけ」

「うん、そう」

「なんかカップルみたいですね。定番じゃないですか。映画館デート」

「そ、そんなんじゃないって！」

私はついむきになって否定してから、心のなかで「あっ！」と叫んだ。けど、もう遅い。

こういう反応は絶対によくないとわかっているのに、気恥ずかしさと、氷上から否定されたくない気持ちが強くて、つい自分から予防線を張ってしまう。……こんな自分が情けない。

「――その、氷上とは昔から、エンタメ系の趣味が合うんだよね。だから映画やライブも一緒に行くし、相手が好きそうなコンテンツを見つけたら教え合ったりもする。ねっ、氷上」

「ああ」

気を取り直して氷上に振ると、彼がちょっと面白くなさそうな顔でうなずいた。なんでだろうと疑問に思ったものの、梨生奈ちゃんが「じゃあ」と口を開いたので、追及はしなかった。

「――本当に性別の垣根を超えたお友達同士のお付き合い、って感じなんですね～。納得しました」

「そうそう。それだけ」

早口で答えながら何度もうなずく。本当は彼の特別な女性になりたいと願ってやまないけれど、この場では言えるはずもない。

「……ちょっとトイレ」

「はい、どうぞ～」

そのとき、少し疲れたふうにため息を吐《つ》いた氷上が席を立ち、店外にあるお手洗いに向かった。

梨生奈ちゃんはそれを朗《ほが》らかに送り出す。彼の背中が見えなくなると、声は潜《ひそ》めつつもはしゃいだ調子でこう切り出した。

「――先輩っ、氷上さんめちゃくちゃいい物件じゃないですか！　私、すっっごい好みです！」

「そ、そう……」

なんとなくそうだろうな、とは予測していたから、驚きもしなかったし意外でもなかった。それより『物件』という表現は好ましくないなと思い、少しだけいやな気持ちになる。

「イケメンのパイロットなんて本当優秀です。今、副操縦士って言っていましたよね。その上って機長なんでしたっけ。あと何年くらいで昇格するのかなぁ～」

彼女は傍《かたわ》らに置いていた自身のスマホを手に取ると、うきうきしながら操作を始める。おそらく、副操縦士から機長までにかかる期間を検索しているのだろう。サッと調べ終え、再びスマホを置いてうれしそうに微笑《ほほえ》む。

「いずれにしても将来安泰ですねっ。亭主元気で留守がいい、なんて昔の言葉もありますし、結婚したらあんまり家にいないっていうのも最高です」

梨生奈ちゃんはそこまで言うと、私の意思を探るようにじっと見つめてくる。

「氷上さんと京佳先輩って、本当に付き合ってないんですよね？」

「……う、うん」

彼女の強いまなざしにたじろぎつつ答える。……うそは言っていない。

「じゃあぜひぜひ、氷上さんとの仲を取り持ってくださいっ！」

「ええっ……？」

一生のお願い――そう言わんばかりに目を瞑《つむ》り、両手を合わせる梨生奈ちゃん。

そのお願いに私は困惑する。

「氷上さんは私の理想そのものなんです。私、頑張って絶対に彼のこと、オトしてみせますから」

「ま、待ってよ、梨生奈ちゃん。彼氏はどうするの？」

彼女には交際中の彼氏がいたはずだ。上場企業の課長さん。写真も見せてもらった。

「氷上さんと付き合えたら別れます」

「えっ、それまでは二股《ふたまた》するってこと？」

「私もなるべくリスクは回避したいので。というか、同時に付き合うわけじゃないので、この場合は二股《ふたまた》とは言いませんよ」

罪悪感ゼロの涼しい顔で言ってのけ、梨生奈ちゃんは肩をすくめた。

……確かに、二股《ふたまた》ではないのかもしれないけど、問題はそこだけじゃなく――

「っ、だいたい、さっき氷上が言ってたよね。好きな人がいるって」

心に決めている人がいるのだと、私も本人の口から聞いている。そんな彼がよそ見をするわけがないのに。

「そんなの大した問題じゃないですよ」

遠回しにやめたほうがいいと示す私を、梨生奈ちゃんが笑い飛ばした。

「――先輩、いいですか？　氷上さんに好きな人がいたのは、私に出会う前の話です。これから私が彼にガンガンアプローチして興味を持ってもらえたら、私を好きになってくれる可能性は十分にある。そう思いません？」

「……まあ、そうかもしれないけど」

ものすごいポジティブシンキングだ。おそらく彼女は、同じ状況を覆《くつがえ》した経験があるのだろう。そうでなければこんなに自信を持って言い切れない。

「難攻不落な男ほど燃えるタイプなんです、私。見っててください。かならず、氷上さんを私の彼氏にしますよ」

闘志を燃やす梨生奈ちゃんの不敵な笑みを見て、厄介《やっかい》なことになった、と焦《あせ》る。

彼女は本気だ。氷上に構わないでほしいと強く思うけれど、私が言える立場じゃないし。やぶへびになっても困る。

「あっ、氷上さんおかえりなさい！　待ってました～」

まるで図ったかのようなタイミングで、氷上が戻ってきた。梨生奈ちゃんが大げさなくらいのリアクションで歓迎すると、それを見た彼がおかしそうに笑う。

……どうしよう。まさかこんな展開になってしまうとは。

やっぱり、氷上と会わせてはいけなかったんだ。わかっていたからこそ会わせるつもりなんてなかったのに、あまりにも運が悪すぎた。こんな場所で鉢合わせるなんて、考えもしなかったから。

◆◇◆

その後、梨生奈ちゃんに熱望され、私は氷上の連絡先を彼女に教えた。

本音を言えば教えたくなかったが、氷上は私の彼氏じゃないし、断る正当な理由がない。氷上が断ってくれることを密《ひそ》かに祈っていたけれど、彼は「別にいいよ」と答えるのみだった。

「先輩、見てください、これ」

連絡先を交換して一週間が経った一月下旬。

終業時間が近づいてきたオフィスでふたりきりになると、梨生奈ちゃんが私のデスクにやってきた。そして、自身のスマホを差し出す。

画面に映っていたのは、空港内と思《おぼ》しき写真だ。案内板や周辺に映る文字がすべて英語なので、少なくとも日本ではないと推測できる。

「氷上さん、今ロサンゼルスにいるみたいですね」

「へぇ」

「一日現地で待機で、次の日のフライトでこっちに戻ってくるって言ってました」

「そうなんだ」

平静を装《よそお》った返事をしながら、彼女が氷上のスケジュールを細かく把握している事実に愕然《がくぜん》とする。それほど頻繁に連絡を取っているのか、と。

氷上は率先して自分の近況報告をするタイプではない。鈴村や田所も含めたグループメッセージがたまたま盛り上がっているとき、私たちが「今日はどこ？」と訊《き》けば「〇〇空港」と返ってくる程度だ。

……らしくないやり取りをしているのは、相手が梨生奈ちゃんだからなのだろうか。ちょっと、ううん、けっこう面白くない。

「あ、ごめん、なんかメッセージ入ってきたよ」

そのとき、画面の上部に別のメッセージを受信したという通知が入ったので、スマホを彼女に返す。

しかし――

「ありがとうございますっ。……あ、でもこれ、スルーで大丈夫なやつです～」

彼女はメッセージを確認すると、返信をせずにただにっこりと微笑《ほほえ》む。

「返事しなくていいの？」

「彼氏なんです。今は氷上さんにエネルギーを注いでるので、こっちは少し放置してみようかなって～」

「え。そんなことして大丈夫？」

むしろ彼氏とのほうこそきちんとコミュニケーションを取るべきなのではないだろうか。

ぎょっとして訊《たず》ねると、彼女はスマホを持ったまま腕を組んで、ふっと遠くを見つめた。

「最近この人、なんとなく私がそばにいることに慣れてきてる感があるんですよね。こう、自分のものになったと錯覚してるというか。ただの勘違いなんですけどね」

その目が、口調が、いつもの彼女よりもずっと大人びていて少し怖い。

「ちょっと塩対応してみて、そうじゃないってわからせないといけないんですよ。ちゃんと捕まえておかないと逃げられちゃうかもって不安を植え付けておけば、もっと大事にしてもらえますから」

「そ……そういうものなの？」

「駆け引きですね。ある程度の緊張感は、マンネリ化を防ぐために必要だと思ってます」

「……私はたまに、梨生奈ちゃんが恐ろしくなるときがあるよ……」

つい心の声がもれてしまった。この子は本当に私の二歳年下なのだろうか。それにしては手練《てれん》手管《てくだ》が長《た》けていすぎやしないか。

「全然ですよ。私よりもっとえげつないことしてる子なんてたくさんいますっ」

——だとしたら、今どきの女子って怖い。いや、むしろそういう打算的な思考が薄い私みたいな女のほうが少数派なのだろうか？

半信半疑でいると、彼女は私に言い含めるようにして続けた。

「それもこれも、より条件のいい男を捕まえるための手段なんですっ。私は幸せな結婚をしたいので～」

「幸せかぁ……」

梨生奈ちゃんの話を聞いてると、幸せってなんなのだろうと考えてしまう。

経済的な不安がないこと？　パートナーのルックスや社会的地位が優れていること？　相手に尽くされること？

もちろんそれぞれ素晴らしい長所で、こだわる人がいるのもわかるけど、私の価値観には塡《は》まらない。

私にとっての幸せってなんだろう。

そう考えて、脳裏に浮かんでくるのは――氷上の部屋で、お互いの好きな映画や本、音楽の話を、ビール片手にああでもない、こうでもないと話しているときの光景だ。

私にとっては、あの他愛のない時間こそが幸せの象徴だった。

◆◇◆

それから三日後。

氷上から「会えない？」と連絡が来たので、仕事が終わったあとに彼の家に向かう。

誘うなら前日までに声をかけてくれれば、荷物の準備ができるのに。なんて思うけれど、別段その必要がないことに気が付いた。

週に一度は必ず彼の部屋に泊まっているうちに、必要なものを少しずつ彼の部屋に置いていくようにしていた。おかげで、今では手ぶらで行っても不都合がなくなっている。

私の私物をそのまま置いておくくらいだから、他の女性を連れ込んでいることはなさそうだ。彼の部屋に足を踏み入れるたび、例の好きな人との関係が進展していないのが確認できてホッとする。

外で食事をして、氷上の部屋でシャワーを浴び、ルームウェアで趣味のものを楽しむ。

今日は、お互いが高校時代から推している四人組のロックバンドのライブ映像を流しながら、飲みなおしていた。

大好きな人のとなりで、大好きな音楽を聴きながら飲むビールは格別だ。ソファに座っていると、いつの間にか氷上との距離が縮まっていて……肩や腕が触れ合う瞬間に、ドキッとしてしまう。普段、もっといやらしいことをしているのに、この程度の触れ合いで心臓が騒ぐなんて小学生みたいだ。

躍動感ある楽曲が終わり、ソファ前のテレビからは観客の割れんばかりの歓声が聞こえてきた。

「あのさ、氷上」

「うん？」

「ロサンゼルスどうだった？」

意味深な響きにならないよう、最大限に注意しながら訊《たず》ねる。

テレビではボーカル兼ギターのメンバーが、次に歌唱する曲のエピソードを話していた。彼は一度ＭＣを始めると長いので、切り出しにくい話をするにはちょうどいい間だ。無音ではないので、気まずくなりづらいのも都合がよかった。

「どうって、観光できるわけでもないし、いつも通り粛々《しゅくしゅく》と仕事しただけだよ。ていうか、今週ロスに行くこと、熊谷に話したっけ？」

「梨生奈ちゃんに聞いた」

「ああ」

彼はうなずいたあと、ビールを呷《あお》ってテレビ画面に注目している。

氷上にとっては意味を成さない会話なのだろうけれど、私にとっては違う。

でも、訊《き》き方《かた》が難しい。責めるような言い方になると変に思われるし、このまま引っ込めてしまったら、氷上が彼女をどう思っているのか訊《き》けずじまいになる。

「連絡先教えてから、仲良くやってるんだ」

「仲良くってほどじゃないよ。連絡もらうから、返してるだけ」

「その割には頻繁にやり取りしてるみたいじゃない」

頑張って冷やかすような口調にしてみたけれど、ちゃんとできているだろうか。

「送られてきた分に返事してるだけだよ。なんか、おすすめの映画とか本とかそういうの、教えてほしいって」

「ふうん、そう」

対する氷上は、照れるでもなく終始淡々としていた。まるで、自分からは接触するつもりはないようにも聞こえる。

……梨生奈ちゃん、エンタメ系は男性アイドルくらいしか興味ないって言ってたのに。氷上との共通の話題を作るためなんだろうか。

「なに、もしかして妬《や》いてるの？」

「えっ？」

いじわるに目を細め、私を見つめる氷上。私は自分の気持ちが見透《みす》かされたような気分になって、小さく叫んだ。

でも——

「——はっ、妬《や》くわけないじゃん。理由がないもん」

「冗談だよ、知ってる」

バレたくないあまり、嫌悪感丸出しの言い方になってしまう。氷上はそれを笑って聞き流していた。

「わ、私はただ、好きな人がいるって言ってたから……その人はどうしたのかなって、少し気になっただけ」

「それ、なにか今の話と関係ある？」

「あるでしょ。かわいい子にアピールされたら、それまで想ってた人のことはどうでもよくなっちゃうんだなって、ちょっと氷上に失望したところ」

自分でもずるいなと思うが、好きな人の話は隠れ蓑《かくれみの》だ。

本当は、ただ梨生奈ちゃんと仲良くしてほしくないだけ。そうでも言わないと、私が梨生奈ちゃんとの関係に口出しができない。

「おい、勝手に失望するなよ。別に気持ちは変わってないし、島さんのこともなんとも思ってない」

まだ見ぬその女性の肩を持つ私に、彼は焦《あせ》ったふうに口を尖《とが》らせた。

「……ただ、その好きな人のことは、あんまり打つ手がなくなってきたなって思ってるところで」

「そっか」

氷上の恋は思い通りに進んでいないようだ。

彼の幸せを願うなら悲しむべきだとわかっているけれど、よろこんでしまう私はいやな奴だ。ただでさえ、強力なライバルが増えたのだから、心のなかで思うくらいは許してほしい。

「……私も一緒だなぁ」

ソファの上で膝《ひざ》を抱えて、ため息を吐《つ》く。ルームウェアのもこもこな生地の感触が頬をそっと撫《な》でる。まるで慰《なぐさ》めてくれているみたいに心地いい。

恋愛は全然上手くいかない。現状を変えるには気持ちを伝えるしか方法がないのだろうけれど、今はまだ、こういう幸せな時間を失《な》くしてまでリスクを取ろうと思えないのが本音なのだ。私は本当にいくじなしだ。

「熊谷って、好きな奴いたんだっけ？　初耳なんだけど」

ぽつりとこぼれた一言を耳にするなり、氷上はわざわざビールをテーブルに置き、驚いたふうに訊《たず》ねてきた。同時に、それまでのゆったりした空気感が消える。

「え、あ、えっと——あ、そうっ、アプリでね、最近知り合った人」

「知らなかった。今度はどういう人？」

「どんなって……素敵な人だよ、すごく。付き合いたいなって思ってるけど、相手は全然そんなことなさそうだから、困ったなって思ってるところ」

慌ててごまかしながら、後半はリアルを混ぜ込んで述べた。

まさか、自分のことだとは露《つゆ》とも思っていないだろう。氷上は軽くうなずきながら、口元に手を当てて考え込むようなしぐさをしている。彼が困ったときや、悩んでいるときのくせだ。

「……やめちゃえばいいだろ。そんな男」

テーブルの上のリモコンを手に取り、急にテレビを消した彼が、私のほうへ身体を向けて対峙《たいじ》する。真面目に話したいという意思表示なのだろう。

「熊谷のこと、ちゃんと好きになってくれる男と会ったほうがいい。時間の無駄だ」

『不毛ですよ。一時の快楽のために時間を無駄にするわけじゃないですか。セフレからその先に発展することなんてまずないのに、その人に時間を割《さ》く意味がないなぁって』

いつか梨生奈ちゃんに言われた言葉と重なって、胸がちくりと痛む。

「……そうだよね」

頭ではちゃんとわかっている。ずっとこの宙ぶらりんの関係を続けていても、私が望む未来はやってこないってことくらい。

「――わかってるんだけど、でも、理屈じゃないの。好きになっちゃったら……やっぱり会いたくなるじゃん」

氷上のことが好き。十代のころからずっと好きだったし、彼の部屋に通うようになってからはもっと好きになっている。

こんなの時間の無駄だって、不毛だってすぐに断ち切れたらいいんだけど、できない。このどっちつかずの半端な関係さえも、手放すのが惜しいのだ。

「っ……」

私の話に耳を傾けていた氷上が、きつく眉根を寄せた。直後、私の顎《あご》を掬《すく》いキスをする。少しビールの苦みが残る唇は、ちゅっと音を立ててすぐに離れた。

「――じゃ今は、俺で紛《まぎ》らわせて」

氷上は私を抱き寄せて、耳元でそうささやいた。熱い吐息が耳にかかってくすぐったい。そのまま彼は上下の唇で耳朶《じだ》を食《は》み、舌先で撫《な》でる。

「氷上っ……んんっ……あぁっ、あっ……！」

耳がこんなに敏感な場所だと知ったのは、彼に愛撫《あいぶ》されるようになってからだ。

ぴちゃぴちゃという水音が頭の奥まで響いて、思考を侵食していく。ただ耳を舐《な》められているだけなのに、身体中の力が抜け、なにもできなくなってしまうのだ。

「あっあ――んんっ、やぁっ……ん、はぁっ……！」

いやらしい声が止まらない。このまま全身が蕩《とろ》けていきそう。

「照れた顔、すごくかわいい……そういう反応されると、ほしくなる」

気が付くと、目の前に氷上の顔があった。私のだらしない顔が映る瞳には、剥《む》き出《だ》しの情炎が揺らめいている。

彼はその場で私を押し倒すと、ルームウェアの裾から脇腹を撫《な》でた。そして、自身はソファの上に両膝《りょうひざ》をつき、私のウェアの下に手を差し入れてショーツの上から秘部をまさぐる。

「んぁ、あぁっ……それだめぇっ……」

氷上に触れられると、私の身体はそれだけで気持ちいいモードに入ってしまう。

だから彼が下着越しに秘裂へ触れるころには、そこはもう淫靡《いんび》な蜜を滴《したた》らせ、クロッチに大きな染みを作っていた。

「素直じゃないな。本当にだめならそんなそそる声出さないし……こんなに濡れたりしないだろ？」

生地越しにその場所を優しく捏《こ》ねながら、氷上が煽《あお》るようにささやく。

「ここには全然触ってなかったのに、下着から溢《あふ》れてぬるぬる。耳、そんなによかった？」

「ふぁ、しらなっ……っあ、んんんっ！」

敏感な粘膜を生地越しに刺激されると、お腹《なか》の奥に甘美な愉悦が走る。

ぐずぐずに濡れたクロッチの下で、腫《は》れた小さな突起を探り当てられ、それまでよりもずっと鮮烈な悦《よろこ》びが弾けて眩暈《めまい》がした。

「なあ、ちゃんと教えて。耳、気持ちよかった？」

答えなかったのではなく、答えられなかったのに。氷上は返答を促《うなが》すように、ぐりぐりと無遠慮に秘芽を嬲《なぶ》りながら訊《たず》ねる。

氷上は私の口から反応を聞き出そうとすることがよくある。私が恥ずかしがり屋で、率先しては口にしないからなのだろうけれど、訊《き》かれるたびに恥ずかしくて、ドキドキして――余計に身体が昂《たか》ぶった。

「っ、はあぁっ……き、気持ちよかったっ……！」

「ちゃんと言えて偉いな。今日もいっぱい気持ちよくしてやるから」

うなずきながらどうにか答えると、氷上はまるでペットにするように、空《あ》いているほうの手で私の頭を優しく撫《な》でた。もう一度、触れるだけのキスをしてから、愛蜜に潤《うる》む赤い粒を重点的に転がす。

「つぁ、んぅっ……んはぁっ――それ、すごくイイよぉっ……」

神経を直接刺激するかのような鋭い愛撫《あいぶ》に喘《あえ》ぎながら、私は氷上を見上げた。絶えず私に熱っぽいまなざしを向ける、彼の顔を。

――そういえば氷上の初めてって、いつだったんだろう。

数ヶ月前まで異性と触れ合う悦《よろこ》びを知らなかった私。この部屋で氷上に、初めての快感をたくさん教えてもらった。

氷上はモテるし、女性の扱いが上手だから、私と違ってそれなりに経験があるのだろう。

そう考えると……彼がこれまで抱いた女の子たちに、激しく嫉妬《しっと》する。

過去のことがどうにもならないのは理解してる。だからこそ、これからは私が彼を独占したい、という気持ちが芽生えてしまうのだ。

氷上を誰にも渡したくない。

梨生奈ちゃんにも、彼の好きな人にも。

私だけを見ていてほしい。

図々しいのは百も承知。願うだけなら自由なはずだ。

「もう俺なしじゃいられないって感じだな」

快感に浮かされてすすり泣くように喘《あえ》ぐ私に、氷上が少しうれしそうにつぶやく。

本当にそうだ、と思う。

心も身体も、氷上なしではいられなくなっている。

「熊谷が感じる場所、俺、全部知ってるよ」

「んんっ……！」

耳元に落ちる、いつもよりちょっとだけ低いトーンにぞくぞくした。遊ぶように軽く息を吹きかけられて、思わず目を閉じる。くすぐったさにびくん、と肩が震えた。

「――何回もキスして、セックスして、誰よりもお前のことわかってるのは俺なんだからな」

「あっあっやぁあっ……！」

二本の指で秘芽をきゅっと摘まれ、私は腰を突き上げるように跳ねさせる。

どうしてそんな、勘違いさせるようなことを言うのだろう？

そうやって「自分は特別」みたいな言い方をされたら、無理だってわかっていても期待しちゃうのに。

氷上のこと、特別な人だって思っててていいんだって、錯覚しちゃうよ……！

「だめ、氷上、私っ――もうっ……！」

「イッて、熊谷。お前のかわいいイき声聞かせて」

秘芽を優しく扱《しご》きながら、彼は着実に私を追い詰める。吐息交じりの甘い声と迸《ほとばし》る淫靡《いんび》な刺激に、氷上の美しい顔が白んでいく。

「んぁあああああっ……！」

甲高《かんだか》い声で啼《な》きながら、私は眩《まばゆ》い快楽の光に包まれた。緊張のあとに訪れた弛緩《しかん》。ぐったりする私の額《ひたい》をそっと撫《な》で、氷上がその場所に優しく口付ける。

「……向こうで続きしよう。もっと熊谷のこと、かわいがりたい」

唇が触れそうな距離でささやかれた台詞《せりふ》にときめきながら、同時に空《むな》しさも感じずにはいられない。所詮、快楽でつながる関係なのだと、また思い知らされたような気がして。

「うん……」

――でもそんなの今さらだ。臆病な私ができるのは、一縷《いちる》の望みをかけてこの関係を維持することだけ。

空《むな》しいけど、不安だけど、氷上と抱き合い同じベッドで眠れる幸せに浸《ひた》れるのも、今の私の特権なのだ。

振り子のように両極に揺れながら、私はその夜も氷上との甘い時間に溺《おぼ》れていったのだった。

◆
◇
◆

「それじゃお先に失礼するわね。お疲れさま」

十八時過ぎのオフィス。終業時間が過ぎたあと、荷物を持った部長の津永さんが自身のデスクから立ち上がり、私たちを振り返って挨拶《あいさつ》をする。

津永さんは四十代後半で、面倒見がよく信頼できる上司だ。もともと保育士をしていたけれど運営側に回ったという経緯があり、現場サイドからの信頼も厚い。

プライベートでは中学一年生と小学四年生のお子さんがいるママで、夜は子どもたちのために極力残業をせずに帰宅する。その点も、私たち部下にとってはとてもありがたい。

「お疲れさまです」

「お疲れさまでした～」

津永さんを見送ると、それまで役所に提出する児童名簿を作成していた梨生奈ちゃんが、待ってましたとばかりにPCを閉じた。

「……さっ、京佳先輩っ。私たちも上がりましょ」

「うん」

いかに津永さんが優しくおおらかな上司とはいえ、特別な事情がない限りは、先に帰りにくい。

今日は週の終わりの金曜日。来週への英気を養うために、早めに休みモードへ切り替えたいところだ。

「にしても、百貨店の売り場、絶対混んでそうだなぁ……」

梨生奈ちゃんが荷物をまとめながらひとりごちる。

「百貨店？　買い物に行くの？」

「はいっ。もうすぐバレンタインなので、チョコレートを調達しに。ギリギリになると、お目当てのものがないことが多くて」

「バレンタイン……」

反射的に、デスクのそばに置いた卓上カレンダーを見た。

……そういえばもうそんな時期か。

暦《こよみ》の上ではもう二月に入り、当日まで二週間を切っている。

「先輩は誰かにあげるんですか？」

「……本命の予定はないかな。義理を家族とか友達何人かに配るくらい」

浮かんできたのは氷上の顔だったけれど、いかにもな本命チョコを渡すのは気まずいし意味深すぎるから、そういう形は取らないつもりだ。

彼氏のいない私は、毎年、バレンタインは感謝を伝える日と割り切っている。仲良しの父や十四日前後に会う予定がある友人宛てに、気を遣わせないくらいの金額のチョコレートを渡すことにしているのだ。

氷上とはなんだかんだでその付近に会っているため、毎年渡しているけれど、彼はそれを特別なものとは思っていないだろう。

「梨生奈ちゃんは——まぁ、訊《き》かなくてもわかるかも」

私が言うと、彼女は満面の笑みで「はいっ」とうなずく。

「——本命は葵さんって決めてるんですっ。まぁあと、一応彼氏にも買っておこうかな、くらいで〜」

一瞬、誰のことを話しているんだろうと思ったけれど、すぐに氷上を下の名前で呼んでいるのだと気が付く。

さすが梨生奈ちゃんだ。いつの間にか、さらに距離を詰めている。

「な、名前で呼んでるんだ。仲いいね」

「葵さんが『別にいいよ』って言ってくれたので」

にこやかに答える梨生奈ちゃん。彼女は悪くないのに「いやだな」と思ってしまう。私でさえ、ただの一度も彼を名前で呼んだことはないのに、と。心のなかで悪態をつきたくなった。

私が氷上の名前を出しづらかったのは、相手が梨生奈ちゃんだからという理由もある。思った通り、彼女も氷上に渡すつもりのようだ。

「そ……それにしても、ずいぶん彼氏さんのこと、興味なくなっちゃったんだね」

妬心《としん》に引っ張られそうになりつつ、私はそれを脇に追いやり、明るく訊《たず》ねた。

「一応、たまには会ってるんですけどね〜。でも、葵さんと上手くいきそうな感じなので、この機会に頑張っておこうかと」

「……そうなんだ」

つまり、今の彼氏をキープしつつ、氷上にアタックしているということ。

梨生奈ちゃんはつくづく器用だ。いっそ相手のためにも別れを告げてあげたらいいのにと思うけど、彼女が彼氏との仲を維持し続けているのはあくまで彼女自身のためであり、彼氏の事情は関係ないのだろう。ちょっと彼氏に同情してしまう。

梨生奈ちゃんの頭のなかは、氷上のことでいっぱいみたいだ。それを証明するように、楽しそうにこう切り出した。

「地道に連絡取り続けて、葵さんのおすすめの小説を貸してもらえることになったんです。バレンタインの前日ですよ、十三日。その日がお休みらしいので、本のお礼ってことでチョコレートを渡せば、向こうも察してくれるじゃないですか」

なるほど、その日にもう結論を出してしまおうということなのか。その行動力に感服していると、はしゃいだ調子で彼女が続ける。

「で、その流れでご飯食べに行って、お酒飲んで、敢《あ》えて終電を逃します。据《す》え膳《ぜん》を食わない男はいないので、きっと葵さんもそうなるでしょう。そしたら、もうほぼオトせたも同然です」

胸が苦しくなっていくのを感じながら、それに無視を決め込んで訊《たず》ねる。

「どうして？」

「――梨生奈ちゃん、前に言ってたよね？　セフレになったら彼女にはなれないって」

その言葉に深く落ち込んだ身としては、彼女が自身のアドバイスに反した展開を望んでいることが納得できなかった。矛盾を突くと、彼女はケロッとした顔でうなずく。

「はい、言いましたよ。でも私はちゃんと言質《げんち》を取りますから。そういう関係をちらつかせながら『もちろん私たち、お付き合いしますよね？』って確認を取るんです。合意が得られれば、晴れて目的達成というわけです。ハイスペックの彼氏が私のものになるんですよ」

「はぁ……」

すでにお付き合いが確定したかのような物言いだ。梨生奈ちゃんの周囲に音符が飛んで見える。

「十三日にお泊まりすれば、十四日のバレンタイン当日の動きも探れるじゃないですか～。そこで女の影が見えるようなら、牽制《けんせい》もできますしねっ。きちんと主導権を握っておかないと、こちらが優位に立てませんから」

「……あのさ。梨生奈ちゃんは、ちゃんと氷上のこと好きだよね？」

機嫌のいい彼女に水を差したくはないと思いつつ、言葉に引っかかりを覚え、黙っていられなかった。わざわざ梨生奈ちゃんのデスクの前に移動した私がおもむろにそう訊《たず》ねると、彼女は愛らしい顔をきょとんとさせる。

「ごめんね。なんか……梨生奈ちゃんの話を聞いてると、その……氷上のことが好きっていう気持ちが全然伝わってこないというか……とにかく付き合うってことだけに意識が行ってしまっているように感じられて」

感情が先行して話し出してしまったため、的確な言葉が見つからないのがもどかしい。それでも私の意思をある程度は汲《く》み取《と》ってくれたらしい彼女が、しっかりとうなずく。

「もちろん好きですよ。彼の顔も、パイロットっていうステータスも、すごく私好みですから」

「それだけ？　性格とか、人柄とか、考え方とかは？」

私が訊《き》きたいのはそういうことではない。外見や社会的地位だけじゃなく、氷上のパーソナルな部分で惹《ひ》かれる箇所があるかというのを確かめたかった。もっと言えば、氷上葵という彼でなければいけない理由が、明確に存在しているかどうか。

ところが彼女は、そんな私の問いかけを鼻で笑う。

「そういうのはどうでもいいんです。前にも言いましたけど、私が求めているのは顔面偏差値とスペックが高い男性なので、それ以外の部分には興味がないんですよ」

梨生奈ちゃんが悪びれずに言ってのける言葉の数々に、先ほどやり過ごしたはずの胸の苦しさがぶり返す。

顔やステータス以外は興味がない。どうでもいい。

——そんなのまるで、氷上が梨生奈ちゃんのアクセサリーにされるみたいで、すごくいやだ。

その感覚は怒りに近かった。これまで私が彼女に対して抱いていたのにずっと蓋《ふた》をしてきた違和感が、今の言葉で飽和する。

「どうでもいいっていうのは違うんじゃないかな」

私は弾かれるようにして言った。

「お付き合いするって、その人と一対一の関係を築くってことでしょう？　結婚となったらなおさら。顔や職業だけで相手のことわかった気になるのはどうなんだろう」

「先輩、なんで怒ってるんですか？」

急に彼女に意見しだした私を、解《げ》せないというふうに彼女が眉を下げる。困惑するのは当然と言えば当然だ。ずっと角を立てないように我慢してきた言葉を、急にぶつけているのだから。

しかし梨生奈ちゃんは怯《ひる》むことなく、首を傾《かし》げて続ける。

「すべてにおいて秀《ひい》でている男性と付き合いたいと思うのは、女性としてごく自然な感情じゃないですか？　そのほかを重視しないのも私の勝手で、関係のない先輩に責められる謂《いわ》れはないです」

「……別に責めてるわけじゃないけど」

言葉の応酬をしているうちに、だんだん私の頭も冷えてきた。

確かに、彼女がどんな男性を選ぶのかは彼女の自由であり、私が口出しすることではない。理屈は通っている。

「本当は先輩、葵さんのこと好きなんじゃないですか？」

「っ……」

虚を衝かれた私は瞬間的に言い返すことができず、言葉に詰まる。あまりにもわかりやすい反応を受けた梨生奈ちゃんは、くすっと笑った。

「図星みたいですね。でもわかります。あれだけカッコよくて素敵な人がそばにいたら、誰だって好きになっちゃいますよ」

ちっとも驚いていないところを見ると、彼女のなかで「そうなのでは？」という疑念があったのかもしれない。

唇の端をきゅっと上げると、彼女は強いまなざしで私を見据《みす》える。

「――でも残念ながら、先輩は葵さんの眼中にないと思いますよ。もう十年もお友達として付き合ってるんでしょう？　そういう相手を異性として見ている男性って極々少ないと思います。だって、もし恋愛対象にしていたら、それまでいくらでもアプローチする時間があるわけなので」

梨生奈ちゃんの辛辣《しんらつ》な言葉に、なにも言い返せなかった。

自覚があっただけに、とても痛いところを突かれたという思いだ。

……彼女の言う通りだ。もし氷上が私を少しでもいいなと思ってくれていたのなら、この十年もの長い間に然《しか》るべきアプローチを受けているはず。心当たりがないということは、やはりそういう対象ではない、という話になる。

梨生奈ちゃんは私と氷上が身体の関係を結んでいることを知らない。もし知られたら、彼女はより持論に確信を持つのだろう。

黙り込んだ私に、彼女が勝ち誇ったかのような眩《まぶ》しい笑みを見せる。

「安心してください。私が興味あるのは葵さんの顔とスペックだけですけど、それ以上に魅力的な相手が現れない限りは、意外と尽くすタイプなんですよ。だから葵さんも、私と付き合えて幸せなはずです」

後半は、説き伏せるような言い方だった。自身が選ばれて当然であるという思考を隠さない態度は、もはや清々《すがすが》しいくらいだ。

「そういうわけで――『お友達』の葵さんのことは私に任せて、先輩は新しい恋に邁進《まいしん》してくださいねっ。お疲れさまです、また月曜日に」

ベージュとロゼの品のいいネイルに彩《いろど》られた手が、ぽんと私の肩に乗った。

邪魔をしないでほしい、という台詞《せりふ》が耳当たりのよい言葉に隠れているのがわかる。

「……うん、お疲れさま」

正論に打ちのめされた直後の私は、放心したまま、オフィスを出る彼女の後ろ姿を眺めていたのだった。

5

梨生奈ちゃんとひと悶着《もんちゃく》あった二日後、日曜日。

私は氷上の休みに合わせ、会う約束をしていた。

「お待たせ」

「ううん」

いつも通り夕食に差しかかる時間、氷上のマンションの最寄り駅の改札で彼と落ち合う。

氷上は時間にきっちりしていて、これまで約束の時間に遅れてきたことがない。律儀な彼らしい習慣だなと思う。

「はぁ、寒いね～、早くお店入りたい」

外に出た途端、冷たいビル風がぴゅうと吹いた。私はぶるりと身体を震わせて腕を組み、思わず前かがみになる。この時期、冬物のコートを着ていても寒いものは寒い。

「確かにな。今日は特に冷える」

同意する割に、横にいる氷上はそこまで応《こた》えていないようだ。

彼の場合、鍛えているから筋肉量が多く、寒さに強いのかもしれない。

まぁ、あれだけいい身体をしていればなぁ――なんて下世話なことを思い出してしまい、密《ひそ》かに思考から振り払う。

「熊谷、手袋は？」

そのとき、コートの袖から覗く私の手を見て氷上が訊《たず》ねる。

「オフィスに置いてきちゃった」

私は苦笑して答えた。寒がりなので、こういう日は手袋が手放せない。最近は特に寒さが厳しいので、出かけるときの必需品になっているのだけど……金曜日に忘れてきてしまった。

梨生奈ちゃんとのやり取りのあと、ぼんやりしていたせいだろう。

「お前の生命線だろ。大丈夫なの？」

私が寒さに弱いのは、もちろん氷上も知るところだ。声を立てて笑ってから、それでも少し心配そうに訊《たず》ねる。

「なんとか耐えてる」

つらいはつらいけれど、明日までの我慢だ。次からは忘れないようにしなければ。

私はさっそく冷え始めた指先を暖めるため、両手を擦《こす》り合《あ》わせる。

「そっか」

氷上はうなずくと、流れるような所作で私の片手を取った。そして、その手を自分のそれに絡める。恋人つなぎと呼ばれる形で。

「――これで、少しはマシ？」

「……う、うん」

――指先が温かい。どころか、羞恥《しゅうち》で身体中が火を噴きそうなほど熱くなってきている。

いけない、いけない、落ち着かなければ。

……男の人と手をつなぐのって初めてなんだけど、こんな感じなんだ。すごくドキドキする。

心臓の忙《せわ》しい音を悟られないようにしながら、氷上と夕方の薄暗い街を歩く。ビルとビルの間の木々は、冬らしく白や青、緑を基調にしたイルミネーションによって彩《いろど》られている。とてもきれいだ。

「今年もやってるな」

路地の角には大型の百貨店がある。その一階のガラス扉越しに、『St. Valentine's Day』の掲示が読み取れた。休日ということもあり、扉の先は幅広い年齢の女性たちで溢《あふ》れ返《かえ》っている。私が足を止めてその様子を見やると、氷上もそれに注目しながらつぶやく。

「毎年この辺りでやるんだよ。バレンタインの特設売り場みたいなの」

「へぇ、そうなんだ」

この手の百貨店では、シーズンになると多種多様なチョコレートを取り揃えていると聞く。梨生奈ちゃんも氷上宛てのチョコを百貨店で買うと話していたし、どこもこんなふうに賑わっているのだろう。

「今年は氷上、いくつもらえるんだろうねー?」

職場で、プライベートで、毎年かなりの数をもらう氷上だ。きっと今年も例にもれず、モテモテに違いない。

面白がって私は訊《たず》ねる。

「さあな」

「そっけないね。楽しみじゃないの？」

「別に」

「ひどっ」

大げさに非難すると、氷上が苦笑しながら歩き出す。私も彼の手に引っ張られる形で足を踏み出した。

「……そりゃ、気持ちはありがたいけど、本当にほしいと思う相手からもらえないと、あまり意味がないだろ。それ以外は社交辞令みたいなものだよ」

「まあ、そうかもしれないけどさ」

社交辞令か。義理チョコなんかはまさにそれに当たるんだろうけど……じゃあ、私が渡すチョコもそうやって、意味がないって思われちゃうのかな。だとしたら、寂しい。

私たちの定番である、件《くだん》のアジアン系ダイニングに到着すると、氷上は私の手をそっと解いた。いつまでもつないでいるわけにはいかないのだけど、彼の温《ぬく》もりが一気に失われた感じがして残念に思う。

どんなに寒くても、氷上と飲むビールはどんなごちそうよりもおいしい。ふたりがけのテーブル席に彼と向かい合って座ると、まずはビールをふたつオーダーして乾杯をする。飲みながらフードを決めるのが私たち流だ。

これだけ通っているといろんなメニューを試して、そのなかでのお気に入りができ始める。最近のお気に入りは海老と野菜の生春巻きと、ハニーマスタードチキンだ。ビールとの相性もいい。

「さっきの話だけどさ」

さっそく届いた生春巻きにぱくつきながら、言う。

「なんだっけ？」

「バレンタイン」

「ああ」

そんな話をしたことすら忘れていたと言わんばかりの氷上に、私は少し緊張しながら訊《たず》ねた。

「好きな人からはもらえそう？」

「さあ。その人に訊《き》いてみてよ」

「訊《き》けないよ。知らないし」

その人がどこでなにをしている人なのか、私はまったく知らない。冗談ではぐらかされたことに少しイラッとして、ちょっと不機嫌に答えると、氷上は「あはは」と楽しげに笑った。

「それもそうか」

そしてこの話は一段落ついたとばかりに言葉を切って、ビールを呷《あお》る。

……氷上のヤツ。人の気も知らないで。

私にとっては重要な情報だ。もしその好きな人とやらが、チョコとともに氷上に想いを伝えるようなことがあったら、私もいよいよ彼を諦《あきら》めなければならない。

しかも脅威はその人だけじゃなく、もうひとり、私のそばにいるのだ。

「好きな人からもらえなかったとしても、まず一個はもらえそうな感じなんでしょ」

私はその子のことを思い浮かべながら、めげずにその話題を展開してみる。

「どういう意味？」

「聞いたよ。梨生奈ちゃんと十三日に会うって」

心当たりがないような顔をしていた氷上だけど、梨生奈ちゃんの名前を出すとすんなりと首を縦に振った。

「うん。本を貸してほしいって言われたから」

「次の日はバレンタインが控えてるし、梨生奈ちゃんがその気だったら、絶対にチョコを渡してくると思うんだよね」

本人から聞いているため百パーセント確実な情報だけど、私がそれを伝えるのは野暮《やぼ》だ。断言は避けつつも彼の様子を窺《うかが》う。

「どうだかな」

「絶対そうだよ。氷上だってわかってるんでしょ？」

まさか、純粋にそれだけの理由で彼女が「会いましょう」と言っているとは、氷上も思っていないはずだ。

私が訊《たず》ねると、彼は苦笑しながら首を捻《ひね》った。

「別に、直接言われたわけじゃないし」

「だとしても、言われたらやっぱりいいなぁとは思っちゃうよね、きっと」

話しているうちにどうしようもない焦燥感《しょうそうかん》が湧いてきて、私は彼の言葉尻を食う勢いで言った。どうしてだろう。こんなこと訊《き》きたくないのに、その気持ちとは裏腹に、言葉が勝手に飛び出してくる。まるで、彼を試すみたいに。

私はおそらく、氷上にきっぱり否定してほしいのだ。「島さんのことはなんとも思ってないよ」とか、「好意を告げられたとしても応じるつもりはないよ」とか、そういう言葉を期待しているのだろう。そのフレーズを引き出すために、わざと逆のほうへ誘導してしまうのだ。

「まあ、いい子だしな。考えるかもしれない」

私の想いを知らない氷上は、私の問いかけにそう言ってうなずいた。

「……そうだよね」

自分で導いたくせに、いざ彼の口から求めていたのとは違う答えが聞こえると、ずーんと落ち込む。

——否定、しないんだ。

つまり、好意を伝えられたら「付き合ってもいい」って思うかもしれない……？

「梨生奈ちゃんは魅力的だから、好きになっちゃう気持ちはわかるよ」

動揺している私は、冷静さを欠いていた。なぜだかわからないけれど、自分の意思とは反した梨生奈ちゃんとの恋愛を後押しする言葉が、次々と唇からこぼれていく。

私は息継ぎも忘れて続けた。

「ああいう子が彼女だったら、自慢できるもんね。『好き』って言われたら、そりゃドキドキするよ。間違いない」

梨生奈ちゃんの考え方には賛同できない部分が多いけれど、それは私が女性で、彼女の思惑《おもわく》をすべて知っているからだ。

男性から見た彼女は、かわいくて感じがよくて優しい、と映るだろうから、そんな彼女から想いを告げられたら、その気になってしまうに違いない。

「……なあ。さっきからなんなの？」

氷上が珍しくイラついた口調で言って、眉を顰《ひそ》めた。

「熊谷はさ、どうして俺と島さんをそんなにくっつけたがるんだよ」

「くっつけたいなんて。一般論を言っただけで」

「熊谷はそれでいいわけ？　俺と島さんが付き合ったら、俺たちのこういう関係が終わるの、わかってる？」

私の反論を遮《さえぎ》る氷上は、怒っているみたいだった。テーブルに身を乗り出して、強い口調で問《と》い質《ただ》す。私が戸惑って言葉を紡《つむ》げないでいると、さらに続けてこう言った。

「もともと、どっちかに恋人ができたらやめようっていう話だったよな。俺も、付き合ってる彼女がいるのに、相手に後ろめたい関係を続けられるほどいい加減じゃないし、約束を反故《ほご》にするつもりはない」

「……うん、わかってるよ」

絞《しぼ》り出《だ》すようにして答えた。

……そうだ。氷上に彼女ができたら、この歪《いびつ》な関係は終わってしまう。

最初から期限付きだったのに、それがいつまでも続くように錯覚していたことに、今さら気付いた。胸が抉《えぐ》られるように痛む。

「——だから私たち、もとにもどらないとね。ただの友達だったころに」

寂しさや未練なんて少しも匂わせないように、精いっぱいの虚勢を張って笑顔を作る。

「ただの友達、ね」

そうつぶやく氷上の表情からはそれまでの怒りが消えて、まるで鉛《なまり》を呑《の》み込《こ》んだみたいな苦しげなものに代わった。

「——熊谷の気持ちはよくわかったよ。そうだよな。いつまでもこのままではいられない」

それまでとは一転し、感情の起伏がなく、ほとんどひとりごとに近い語勢。彼は残っていたビールを飲み干して、小さくため息を吐《つ》く。

「悪いけど……今日はひとりになりたい」

「……じゃ、私、これ飲んだら帰るね」

自分の発言がもたらした結果とはいえ、拒絶されたのは応《こた》える。でも、彼を怒らせてしまったのは私だ。今日のところは大人しく帰ったほうがいいのだろう。

「駅まで送ってく」

「ううん、いい。ひとりで帰れる」

私は首を横に振った。

手袋を忘れた指先。ここに来るまでの間、彼が手をつないでくれていたことが思い出される。

送ってもらったら余計に悲しくなりそうだった。きっと駅までの道のりで、その温かさを再び感じることはできないから。

◆◇◆

あれから三日が過ぎた。時が経つごとに、あのときなぜあんなことを言ってしまったのだろうという後悔でいっぱいになっていき、自分を嫌いになりそうだ。

氷上に彼女ができるのが怖かった。だから彼を試すようなことを言って、結果的に彼の機嫌を損ねた。

素直に「妬《や》いてしまうから、梨生奈ちゃんと会わないでほしい」と伝えられていたら、なにかが変わっていたのだろうかと考えるけれど、すべては終わったことだ。もしもを想像したって仕方がない。

自分を戒《いまし》める一方で、氷上があんなに怒った理由が、いまいちよくわかっていなかった。

温厚な彼は他人に対して滅多に憤《いきどお》りを露《あら》わにしない。少なくとも私の記憶のなかでは初めてのことだ。

私とセフレの関係を終わらせるのがいやだったから？

彼にとっての私は都合のいい存在には違いないから、継続したい気持ちは理解できる……でもそれが理由なのだとすると、ちぐはぐに感じる。

じゃあ、彼に好きな人がいると知っているのに、梨生奈ちゃんとのお付き合いを促《うなが》すようなことを言ったからだろうか？

これは可能性として十分あり得る。

自分の想いを無視されたと思って、気を悪くしたのだ。もっともその場合は、私との関係が終わることについて腹を立てていたことの説明がつかない。

うーん……わからない。氷上の怒りを解《と》かなければいけないのに、その原因がわからないのでは謝りようもないし。

例の行きつけのお店で別れて以降、氷上とは連絡を取っていない。もともと毎日ではなく、用件があるときだけやり取りをしていたので、この状況だけでは彼がどれほど怒りを引きずっているのかわからないものの、気まずさを払拭《ふっしょく》するために、とにかく一度、彼の気分を害したことへの謝罪のメッセージを投げてみたほうがいいのかもしれない。

そんなふうに思い始めたとき、氷上からメッセージが来た。私個人宛てではなく、鈴村、田所との四人でのグループ宛てに、突然写真が届いたのだ。

「……これ、なに？」

写真には木彫りの人形らしきものが写っている。人のような、動物のような。神々《こうごう》しいような禍々《まがまが》しいような。なんとも表現しづらい、個性的な代物《しろもの》だ。

どうやら私が入浴している間に届いたらしい。写真の下には、すでにメッセージに気付いたほかのふたりとのやり取りが展開されている。

『これなに？』

まさに私が問いかけたかった言葉を、鈴村が先に入れてくれていた。

『マレーシア土産。熊谷に今度行ったら買ってきてって言われて、鈴村と田所もこれでいい？』

『すっごい怪しいな』

『普通にいらないだろ。顔とか怖すぎてヤバいんだけど』

私は思わず噴き出した。

これがお土産はさすがに遠慮したい。鈴村や田所も同じことを考えているようで、思いっきり拒絶している反応だ。

ということは、今日はマレーシアへのフライトだったんだ。……それに、お土産がほしいって話したことも、ちゃんと覚えていてくれた。

『そう？　魔除《まよ》けにいいかなと思って』

『お前いやがらせやめろ』

『頼むわ氷上。それは勘弁』

とぼける氷上に、やはりふたりは全力で拒否している。

『でも熊谷がこれがいいって言うから』

氷上がうそをでっち上げたところが最新だった。ちょうど三分前だ。

『いやいや全然言ってないから！』

——適当なことを。

私はまずきちんと突っ込みながら、続けてもうひとつメッセージを送付する。

『もっと実用的なものがいいなー食べものとか』

実のところは、氷上からもらえればなんだってうれしいのだけど。希望が出せるなら、そういうものがありがたい。

入力して一分も経たないうちに、氷上から返事が来る。

『心配するな。ちゃんと食べもので用意しといた。帰ったら渡すな』

『え、なになに？　どんなやつ？』

『それは渡してからのお楽しみ』

私が訊《たず》ねても、氷上は楽しみはあとに取っておけとばかりに教えてくれなかった。

木彫り人形がやはり冗談だったのだと確認できてホッとするのと同時に、氷上がなぜそんなメッセージを入れてきたのかが、わかったような気がする。

……この間、あんな感じで別れちゃったのを彼も気にしていて、気まずさを解消するために、反応しやすい文面をくれたのではないだろうか。お互いこれでまた、いつも通りに接することができるように、画像で氷上がきっかけをつくってくれたのだ。

『さんきゅー。でもさっきの木彫り見てからだとちょっと怖いんですけどー』

私たちの事情を知らない田所からしてみれば、果たしてなにを用意してくれたのか、方向性を心配するのも無理はない。私はくすっと笑った。

——ありがとう、氷上。本当なら、私が先に謝るべきだったのかもしれないのに……

『てか時差大丈夫なん？』

『こっちは日本の一時間前。てか、これからフライトなんだ。日本に戻る』

鈴村の問いに、こうやって連絡を取っていて大丈夫なのかと心配になるけれど、一時間しか違わないのであればその必要はなさそうだ。

次いで、氷上から写真がもう一枚送られてくる。多分、出発ゲートの電光掲示板。氷上がこれから搭乗するであろう便の名前が乗っている。

「日ノ和航空723便……二十一時発か」

英語表記のそれを読み解きながら口にする。つまり日本時間の二十二時にあちらを発つのだ。

現在、こちらは二十一時二十分。フライトの時刻が近づいてきている。

『そろそろスマホいじれなくなるから、また日本でな』

私がそう思った頃合いに、氷上から離脱のメッセージが入る。

『おう。じゃーな』

『氷上グッドラック』

田所、そして鈴村がスタンプを交え、氷上に挨拶《あいさつ》をした。

『気を付けて帰ってきてね』

ここ数日の間に抱えていた重石が、取り除かれた気分だった。私が言葉をかけると氷上は、『ありがとな』と返事をしてくれた。

きっとまた近いうちに、お土産を渡すために連絡をくれるのだろう。

そのとき、私も謝ろう。「いやな思いをさせてしまってごめんね」と。

せめて氷上と会う理由があるうちは、一緒にいられる時間を大切に、楽しく過ごしたいから。


四人でのメッセージの応酬から少し経った、二十三時。ワンルームの自宅のベッドで本を読んでいた私は、そろそろ寝ようと本にしおりを挟み、枕元に置いたところだった。

突然、膝《ひざ》の上に置いていたスマホが鳴る。メッセージアプリの、音声着信を知らせる音だ。

画面を見ると、さっきの四人のグループ通話が発信されている。かけてきたのは田所だ。ひとまず応答してみる。

「どうしたの？　珍しいね、通話なんて」

不思議に思ったので、スマホを耳に当てそのまま訊《たず》ねた。普段、私たち四人で通話をすることはまずない。しかも氷上が仕事中で出られないことが確定しているのに。

「悪い、寝るとこだったよな」

「そうだけど、どしたの？」

田所の声は少し緊迫しているように聞こえた。どんなときでも動じない彼らしくない。

「さっき氷上が乗るって言ってたのって、日ノ和航空の７２３便、現地時間で二十一時にクアラルンプール国際空港発で合ってるよな？」

「うん。写真に写り込んでたよね。……それがどうかした？」

早口で慌てた様子の田所に、なにかがおかしいと感じつつさらに訊《たず》ねると、彼は「いや……」と言いにくそうに続けた。

「……実は今SNS見てたらさ、気になる投稿を見つけて……これ、送るから見られるか？」

「ちょっと待って」

スマホをスピーカーホンに切り替え、送られてきたメッセージをチェックする。そこには、あるSNSの投稿記事へのURLが記されていた。すぐにそれをタップする。

『日ノ和の723便がハイジャック信号を出してるみたいだけど、これヤバいんじゃない？』

「えっ、ハイジャック……？」

普段の生活ではまず目にすることのない言葉が飛び込んできて、つい声に出してしまった。

世のなかには、飛行中の民間航空機の位置をリアルタイムで調べられるアプリが存在するらしい。そのアプリ上で、それぞれの航空機が発信している信号も読み取れるのだけど、この投稿主は723便がハイジャックを意味する緊急信号を送っている、と言うのだ。今、SNS上では大騒ぎになっている。

723便は間違いなく氷上が乗っている便だ。

その旅客機が……ハイジャックされている？

「オレもわけわかんなくて……氷上の奴、だ、大丈夫だよな？」

あまりの衝撃に、なんと返事をしていいのかわからなかった。もしハイジャックが事実ならば、大丈夫なはずがない。

そのとき、グループ通話に鈴村も入ってきた。

「もしもーし。田所、どうした？　こんな時間に」

「あ、鈴村、実はさ――」

呑気な口調の鈴村だったけれど、田所から現状を説明されると、「えっ」と小さく叫ぶ。そして、怯《おび》えたトーンで声を震わせた。

「……まさか。な、なにかの間違いだろ、そんなの。映画じゃあるまいし。実際に起きたら大事件だよ。ここんとこ手荷物検査が厳しくなって、だいぶ減ったって聞くぞ」

「だ、だよな。……大丈夫だよな。墜落《ついらく》したりしないよな。そんなニュース、聞いたことある気がして。ハイジャックする奴って、もともと死ぬ気でやってるとか言うじゃん」

田所は鈴村の言葉に同調しつつ、不穏な単語を口にする。

「墜落《ついらく》――」

音にしながらぞっとした。

私もテレビで見たことがある。ハイジャックされた飛行機が、実行犯によって墜落《ついらく》させられてしまった過去のニュースを。当然、乗員も乗客も助からなくて――

「……どうしよう」

奈落の底に突き落とされたような絶望感が、一気に押し寄せる。自分の声がひどく震えているのがわかる。

「――ねぇ、もしハイジャックが本当だったらどうしよう。氷上、無事に帰ってこられるよね？　墜落《ついらく》したりしないよね？」

自分で言葉にするとなおさら不安が募《つの》った。最悪の事態を想定した光景が脳裏に映し出されるのを必死に振り払いながら、まくしたてる。

「だって大勢の人が乗ってるんだよ。その人たちを無事に日本まで届けるのが氷上の仕事なんだもん。そうだよね？」

「熊谷、少し落ち着け」

「そんなの聞いて落ち着いてられないよ！」

私の様子がおかしいことを察した鈴村に制されるけれど、その声を跳ね除けた。直後、彼に八つ当たりをしたことを激しく後悔する。

「……ごめん」

「いや、いい。気持ちはわかるから」

我に返った私が謝ると、鈴村が優しくそう言ってくれた。

私ってば、なんて自分本位なんだろう。鈴村だって友人の一大事に動揺しているのに、声を荒らげたりして。

でも――

「怖くなっちゃって……氷上が死んじゃったらどうしよう。もう会えなくなっちゃったら……」

ずっと近くにいるものだと信じて疑わなかった。それが当たり前。物理的に会えなくなる可能性なんてちっとも考えていなかったから……最悪の事態が考えられる状況に直面し、途方もない恐怖に襲われる。

「氷上が死ぬわけないだろ。完全無欠なアイツの要領のよさ、熊谷もよく知ってるじゃん」

「田所……」

今にも泣きそうな私を励《はげ》ますように、田所が明るく言った。

「そうだよ。さっきあれだけもったいぶってたんだし、俺たちに土産を渡しに来るまで死なないよ」

鈴村も田所に同調して、軽口を交えながら笑う。

「……そうだよね。まだお土産もらってないもん」

ふたりが私を安心させようと必死になってくれるのが伝わってきて、申し訳なくもあり、ありがたくもあった。

……大人なんだから、しっかりしなきゃ。

渡してからのお楽しみ。氷上はそう言っていた。それを彼の手からちゃんと受け取るまでは、生きていてもらわなければ困る。

「……なんか、ごめんな。ここでオレたちが話してたって、なにか助けになれるわけじゃないんだけど、でも居ても立ってもいられなくてさ」

私が取り乱してしまったせいで、田所が責任を感じている。私は「ううん」とすぐに否定した。

「――教えてくれてありがとう。もしハイジャックが本当だったとして……仮に、仮にだよ。絶対考えたくないけど、氷上の身になにか起きたってこと、知らないままになっちゃってたら、すごくいやだったと思うから」

つらい情報だけど、万が一のことがあったとしたら、知ることができてよかったのだと思う。

「俺も熊谷と同じ気持ち。……とにかく氷上の無事を祈ろう。できることといったら、それくらいしかないし」

「うん、そうだね」

鈴村の言葉にうなずく。彼の言う通り、日本にいる私たちが氷上のためにできるのは、無事の帰国を祈ることだけだろう。

「それじゃ、一旦切るな。新しい情報出たら共有しよう」

「ああ」

グループ通話を終えると、私はスマホを握りしめたまま重い息を吐いた。

もう全然、眠れる気分ではない。徹夜を覚悟して、SNSを見て状況を追うことにする。本当なら、旅客機の位置情報を探るアプリを入れて調べたいところだけど、航空関係に明るくない私がインストールしたところで読み取れないのが歯痒《はがゆ》かった。

現在の時刻は二十三時半すぎ。氷上の乗った723便が出発してから一時間半が経過している。

今のところ、航路上を予定通りに飛行しているようだ。しかし、依然として当該機からは、ハイジャックを意味するスコーク7500という信号が発信されている。状況は変わっていないらしい。

『これ大丈夫なの？　各国の政府に連絡入ってんだよな？』

『今のところ航路は逸《そ》れてないけど、目が離せないな』

『墜落《ついらく》でもしたらシャレになんないぞ。まず全員助かんないだろ』

ふたりのおかげで少しの間は心を強く持てたけれど、部屋でひとりスマホを見つめていると、また気持ちが深く沈んでくる。

氷上なら大丈夫。そう信じようとするのに、ＳＮＳから流れてくる不穏な文字の連続に、胸が張り裂けそうだ。

……ひょっとすると、もう二度と氷上に会えなくなるかもしれないんだ。彼に謝れないまま。中途半端な関係のまま——

「っ……」

両目からぽろぽろとこぼれる熱い涙が、一滴、二滴とスマホの画面を濡らしていく。

こんなことになるなら、ちゃんと伝えておけばよかった。

今まで、時間ならいくらでもあったのだ。

だけど気持ちを伝えてフラれ傷つくのが怖くて、ずっと言い出せなかった。気まずくなって元の友人関係が壊れるよりはと、氷上と平和に過ごせる時間を選択し続けていた。

でも、彼に危険が迫っていると知って、それを激しく後悔し始めている自分に気付く。

ただの自己満足なのかもしれないけど、ちゃんと「好き」って言いたかった。恥ずかしがったり、意地を張ったりせずに、素直になればよかった。

結果的に叶わぬ恋だったとしても、伝えられないよりはずっとマシだったんじゃないだろうか。

こんなふうに、苦い思いが残るのならば。

私はメッセージアプリの、氷上個人とのやり取りの画面を開く。

最後のメッセージは、この間ケンカ別れのようになってしまった日。私の『これから行くね』という言葉に対して『わかった。着くくらいに駅で待ってる』という、短い応酬だ。

それを眺めていたら、つないでもらった手の温かさが急に蘇《よみがえ》ってきた。それから、高校時代からごく最近までの彼との思い出が次々と頭に浮かんでは、シャボン玉が弾けるように消えていく。

特にここ最近の出来事には胸が切なくなった。

記憶を失《な》くして氷上のベッドから飛び起きた朝。それから彼の部屋に通うようになって、まるで恋人同士みたいにキスやハグもたくさんしたし、もちろんそれ以上のことも。

ちょっぴりいじわるなときもあったけれど、氷上といるといつも楽しくて、時が経つのを忘れてしまう。これだけ一緒にいるのに、まだまだ時間が足りない、もっとふたりで過ごしたいと、常に思っていた。

——もう会えないかもしれないなんて、そんなの絶対にいやだ。

そんな思いが募《つの》って、衝動的にメッセージを打つ。

『お願いだから無事でいて。私、まだ氷上に伝えなきゃいけないことがあるんだから』

もし彼が無事帰国したら、ちゃんと自分の気持ちを伝えよう。勇気の要ることだけど、彼が戻ってきてくれるのならば、それくらい躊躇《ちゅうちょ》なくできる。そう祈りを込めて送信した。

当然ながら既読はつかない。勤務中はスマホをいじれないと聞いているから当たり前なのだけど、一時間経っても、二時間経っても変わらぬ状況にじりじりとする。

明け方の四時を過ぎても、眠気はいっこうにやってこなかった。私はひたすら氷上の無事を祈り、ＳＮＳの情報更新をするボタンをただただ押し続ける。

状況に変化は一切ない。７２３便は既定の航路を進みながら、スコーク７５００を発信し続けている。ＳＮＳでも『これはいったいどういうことなの？』『意味不明なんだけど？』と、混乱している旨《むね》の投稿で溢《あふ》れていた。

それらを読んでいくと、過去のハイジャック事件では行き先を変更するケースが目立つのだそう。実行犯自身の政治的な、もしくは金銭的な要求を呑《の》ませるために人質を取るのが目的だから、叶うまでの時間を稼ぎたいかららしい。また、変更しなければ、到着時に空港で捕まるリスクが高い。

氷上は今、どういう気持ちでコックピットにいるのだろうか。詳しい状況が知りたいのに、なにも入ってこない。

そろそろ朝のニュースが始まるころだ。縋《すが》る気持ちでテレビをつけたけれど、関連情報は流れていない。

結局、ひと晩通してスマホを手放せなかった。飛行時間は約七時間。ウェブで調べてみると、到着時刻は日本時間の六時十分とある。もうそろそろ定刻だ。

氷上のことも気になるけれど、そろそろ会社に行く支度を始めなければならない。一睡もできなかったのに、不思議と睡眠欲や疲労感はなかった。あるのはただ、氷上の無事を願う気持ちだけだ。

手早く着替えとメイクを終えたとき、四人のグループに着信があった。

テーブルの上の、メイクポーチの横に置いていたスマホをすぐに取り、応答する。

「もしもし」

「あっ、熊谷！　SNS見た？」

「えっ、あ」

鈴村の勢いに圧倒されて返事に詰まる。この十分程度離席している間は追えていない。

「723便、無事に着いたって。ハイジャックってのは誤報だったらしい！」

「誤報……」

スマホ越しの鈴村の声に、昨夜から続く身体の緊張が一気に解けていく気がした。

「……よかったぁ……じゃあ、氷上も無事なんだね……」

「ああ。なんか、無線のトラブルじゃないかって言われてるけど、詳細は不明」

私がスマホを見ていなかった僅《わず》か十分の間の経緯を、鈴村が簡潔に説明してくれる。

723便は定刻通りに着陸。当該便に搭乗していた乗客が、SNSでのハイジャックされたのではないかという騒ぎに対し『そんなの知らない。平和な空の旅だった』と投稿したこと。また、日ノ和航空のウェブサイトでも無事到着したことを知らせる情報が出たことで、誤報であるとの結論に達したらしい。

実際に、723便が空港で乗客を降ろしている写真も併《あわ》せて投稿されたのが決定打となった。

「――でも、よかったな。マジで寿命縮んだ」

「もしかして、鈴村ずっと情報追ってた？」

「熊谷もだろ？」

「当たり」

夜を明かしたというノリもあり、私も鈴村も声を立てて笑った。

「だよな、この状況じゃ寝れねえよ。……これで心置きなく眠れそうって思ったけど、もう仕事の時間だしな。俺、立ち仕事だしつらいわ」

美容師の鈴村はデスクワークの私と違い、微妙な体勢で集中しなければいけなかったり、そのなかでお客さんとコミュニケーションを取ったりで、より神経を使うだろう。すでに疲労を漂《ただよ》わせている口調に同情しきりだ。

「あー、もしもし」

話が一段落ついたところで、ようやく田所が入ってきた。声はいかにも寝起きといったふうに掠《かす》れている。

「田所、お前寝てただろ、人でなし」

「えっ、そんなことないよ！　起きてた起きてた。氷上の一大事なんだから」

鈴村がすかさず突っ込むと、田所は慌てて否定するが説得力がない。

「声でわかるよ。田所ってそういうとこあるよね」

おそらく悪気はないのだろうけれど、田所は昔から本能的な欲求に勝てないところがある。私は指摘しながらくすっと笑った。

「安心しろ。氷上が乗ってた飛行機は無事だ。ハイジャックは誤報で、もう着陸してる」

「え、マジで！　よかった！　本当焦《あせ》ったよー生きた心地しなかった」

「寝てた奴に言われてもな」

ずっと起きて続報を追っていた私たちとまったく同じテンションで言うものだから、鈴村が思わず毒づいた。

「ね、『新しい情報出たら共有しよう』とか自分で言ってたのにね？」

「いやマジで心配してたんだよ！　でも眠気には抗えなかったっていうか！」

私もそれに乗ってみせると、誤解だとばかりに再び田所が慌て出す。通話なのに、必死な表情まで想像でき、私も鈴村もまた笑った。

「はいはい、わかったわかった。てことで、今日も一日お仕事頑張りますか」

「そうだね、鈴村、お互い寝ないようにしよう」

「ん。次の飲み代は氷上持ちで決まりだな」

氷上が空港に着いたのならばもう安心だ。これで私たちも心おきなく仕事に向かえる。

私たちは短く挨拶《あいさつ》を交わすと、それぞれの日常に戻った。私はそのままベッドに倒れ込み、枕を抱きしめて安堵《あんど》を噛み締める。

――よかった、氷上、無事でいてくれたんだ……！

こんなにうれしくて、泣きたくなる朝はなかった。しばらく平穏であることの幸せに浸《ひた》ったあと、出社の準備を始めた。

自宅マンションを出て駅に向かう途中、氷上からメッセージが届いた。ちょうど横断歩道の赤信号に差しかかったところだったので、内容を確認する。

『俺は無事だけど。なにかあったのか？』

業務を終えたばかりであろう彼は、もしかしたら自分の乗っていた便でハイジャック騒ぎがあったことを知らないのかもしれない。

私はウェブから今回の騒動をまとめた記事を見つけると、そのＵＲＬを貼り付けて送った。

『そんなことになってたんだ。到着後の振り返りでもそんな話は出なかったんだけど確認しておく。教えてくれてありがとう』

『ううん、とにかく無事でよかった。びっくりして、徹夜しちゃったよ』

こんなふうに、氷上とメッセージの応酬をできることがただただうれしい。返事が来るのを当たり前に思っていたけれど、決してそうじゃないのだと感じ、彼と過ごす時間をより大切にしようと思えた。

『心配かけてごめん。そうだ。お土産渡したいんだけど明日は会える？』

『大丈夫だよ』

彼の提案に心が弾む。一刻も早く、氷上の顔を見たい気分だった。

『じゃあ明日の夜に　熊谷の伝えたいことっていうのも気になるし』

『うん。じゃ明日ね』

彼に言われるまで、そんなメッセージを送ったことが記憶から抜けていたけれど、もう心は揺らがなかった。

——もう二度と会えなくなるくらいなら、氷上に全部伝えるって決めたから。

フラれても、濁されても、このまま黙って氷上に彼女ができるのを見ているのは、やっぱりいやだ。

スマホから顔を上げると、信号は青に変わっていた。

私は今さら眠くなってきた目を擦《こす》ってメイクが落ちないように気を付けながら、朝の往来激しい横断歩道を渡るのだった。

■□■

パイロットになってだいぶ経つが、自分が搭乗した旅客機での信号トラブルは初めてだった。

熊谷に教えてもらったウェブ記事では、ついさっきまで乗っていた723便がハイジャックされたのではないかとSNSで騒いでいた件が細かく取り上げられていた。

実際の飛行は順調そのもので、トラブルらしいトラブルもなかった。あとになって当該便の機長に確認してみると、なんらかの理由でスコークが7500に設定されてしまっていたことがわかった。ハイジャックのときにしか使われないコードだ。これについては会社にも報告済みで、至急原因を究明するということになっている。

信号の件も気がかりだけど、それよりも——

『お願いだから無事でいて。私、まだ氷上に伝えなきゃいけないことがあるんだから』

『とにかく無事でよかった。びっくりして、徹夜しちゃったよ』

熊谷から送られてきたメッセージが、素直にうれしかった。

と同時に、少し意外でもあった。

俺の身を案じるあまり、眠れなかったということも。そして、『伝えなきゃいけないことがある』という意味深な言葉も。

期待するなと自分に言い聞かせても、どうしたって都合のいいほうに解釈したくなる。俺になにかあったらと心配で眠れなくなるほどに、熊谷にとって自分は失いたくない存在なのではないか、と。

先日会ったときにはそんなふうには感じなかった。やたら俺と島さんが付き合うという話に持って行かれるし、俺に好きな相手がいるという話に対しても、あまり気にしている様子はない。

やはり熊谷にとって俺はただの男友達で、恋愛対象ではないのだ。そう突きつけられた気がして、大人げない態度を取ってしまったのを、心から反省している。せっかく会いにきてくれた彼女を追い返すような真似をしたことにも自己嫌悪だ。

だけど理解できない。どうして熊谷が島さんと俺をくっつけようとするのか。

正直に言うと、島さんのことはちょっと苦手だ。熊谷の職場の後輩として紹介された手前、無礼は働けないと思って慎重に対応しているが、彼女の振る舞いや表情の作り方、言葉の選び方、どれをとっても媚《こ》びているように感じ、心を開こうという気持ちになれない。

連絡先の交換もできれば避けたかったが、熊谷を通して「教えてもいい?」と訊《き》かれたら、やはり断りにくかった。島さんの件で、熊谷に悪く思われることだけは避けたい。

島さんが俺を気に入ってくれているらしいことは、会って話したときの雰囲気や、送られてくるメッセージの文面から推察できた。最低でも二日に一度は、「なにしてました?」と俺の様子を探ってきたり、日々のとりとめのないことを自撮りの写真とともに送ってきたりする。

申し訳ないけれど、辟易《へきえき》していた。

ただでさえ、スマホでの連絡は必要最低限でいいと思っているタイプだ。こちらに質問をしてくるのならまだ答えようもあるけれど、用事もないのにどう返事をしたらいいのか悩む内容を送ってこられても、面倒くさいとしか思えない。

これが、熊谷が相手であるならまた印象はガラッと変わるのだろうな、と思う。俺と会っていない間、彼女がなにをしているのかは気になるし、知りたいと思う。つまるところ、興味のある相手からの連絡であればなんだってうれしいし、そうでなければ煩《わずら》わしいわけだ。

それなのに、熊谷は俺が島さんに気があるみたいな方向に話を持っていこうとするのが謎だった。

『次の日はバレンタインが控えてるし、梨生奈ちゃんがその気だったら、絶対にチョコを渡してくると思うんだよね』

『どうだかな』

『絶対そうだよ。氷上だってわかってるんでしょ?』

『別に、直接言われたわけじゃないし』

『だとしても、言われたらやっぱりいいなぁとは思っちゃうよね、きっと』

妙にしつこいな、とイライラした。俺が彼女を好きだなんて、一言でも口にしたことがあっただろうか？

十三日に島さんと会う約束をしたのは、彼女が本を借りたいと言ってきたからだ。わざわざ休みの日にあまり気の進まない相手と会うのもどうかと、最初は断ろうと思った。だけど、彼女と会っている事実を作れば熊谷が妬《や》いてくれるかもしれないと、駆け引きに利用させてもらうことにしたのだ。

でもそのときふと思った。十三日まで待たなくても、今だって少しくらいは熊谷の気持ちを確かめられるんじゃないか、と。

熊谷との関係はまったく進展していない。その日は彼女が手袋を忘れたことにかこつけて、初めて手をつないでみた。熊谷はいやがらなかった。だから、まだ望みはあると勝手に期待してしまっていたのはある。

『まあ、いい子だしな。考えるかもしれない』

本当はそんなふうには思っていなかった。むしろ、島さんとやり取りするうちに、彼女の打算的な面が見えてきて、より苦手なタイプであると実感しつつある。

俺のことをべた褒めしすぎだし、俺の意見に賛同しすぎるから彼女自身の考えが見えてこない。送られてくる写真はおそらく彼女がいちばん魅力的に見える角度やポーズで撮られていて、バッチリ加工もされている。とにかく、自分をよく見せようと必死であることだけはよく伝わってきた。

俺の好みの本を読んでみたいと言っていたけれど、文面からあまり興味がなさそうなのは伝わってくる。彼女の俺に対する言葉は、一見賛辞がちりばめられているようだけれど、中身は薄っぺらで信憑性《しんぴょうせい》に欠けるものばかりだ。

俺はそういう人間に魅力を感じないし、信用もできないと思ってしまう。機会さえあれば、ひと言ガツンと言ってやりたいくらいだ。

ところが、『考えるかもしれない』と言ったとたん、熊谷は妙に納得して、そこからさらに、いかに島さんがかわいくて魅力的で、選ばれるべき女性であるかを語り始めた。

俺が想像していた展開とはまるで違ったので、正直言って戸惑った。少しでも彼女が不機嫌になって嫉妬《しっと》してくれている様子が見られればという気持ちだったから、当てが外れた気分で、つい彼女に突っかかってしまったのだ。

身体の関係はどちらかに相手ができたら解消する。そういう約束であるのは彼女も承知しているはずだ。

それでも島さんと結ばれるように仕向けてくるのは、熊谷が俺のことを本当にセフレと割り切っているか、もしくはこの関係を断ち切りたいと思っているか、どちらかしか考えられない。

前者の理由であるなら、もう彼女の意識を俺に向けることは難しいだろう。

初めて彼女の身体に触れた日からけっこう経つけれど、その間に熊谷から恋愛対象としては意識されていない、という意味に等しいからだ。何度身体を重ねても、心まではつながれなかったことになる。

後者の理由だとしたら……熊谷は好きな男ができたと話していたから、そのせいかもしれない。所詮付き合いの浅いアプリの男だから、俺と頻繁に会ううちに気持ちを変えてみせるという、根拠のない自信で動いていたけれど、もしかしたらこちらが想定している以上にソイツにのめり込んでいる可能性もある。

どちらだとしても、熊谷と付き合うという俺の希望を叶えるのは難しい。それがわかって、これ以上ないくらいに落ち込む。数日は、なにをしていても気持ちが晴れなかった。

でも、ちょうどそのときマレーシアへのフライトがあったのだ。少し前に、熊谷との会話のなかで、『マレーシアに行ったらお土産を買ってきてほしい』と頼まれていたことを思い出す。

この気まずい状態のまま疎遠になることだけは避けたかったから、いいきっかけになる。鈴村と田所と四人でのグループにいつも通りのやり取りを入れてみると、熊谷もすんなりと乗っかってきてくれたので、帰りのフライトは気分よく臨《のぞ》めそうだと安心した。

そこからの、ハイジャック騒ぎだ。

夜、自分の部屋のベッドに横になると、ふわりと熊谷の残り香を感じることがある。

ここへ泊まるときは、同じシャンプーやボディソープを使っているはずなのに、彼女がまとうととてもいい香りであると感じるのはなぜだろう。この場にいない彼女を、きつく抱きしめたい衝動に駆られる。

もうそろそろ限界だ。この十年、自分の気持ちに蓋《ふた》をしてこられたのは、友達というラインになんとか留まり続けていたからだ。

それを踏み越えてからは、どうにも欲張ってしまう。

熊谷を俺だけのものにしたい、よそ見をしてほしくない。俺だけを見ていてほしい、と。

自分で提案したこととはいえ、俺にとっても熊谷にとっても、この名前をつけられない関係には終止符を打ったほうがいいのだ。

ならば、勝算がなかったとしても、もう想いの丈《たけ》をぶつけてしまおう。

熊谷の温《ぬく》もりのないベッドで、彼女への想いを募《つの》らせながら、俺は密《ひそ》かに心を決めたのだった。

6

翌日。

仕事を終えた私はいつも通りに氷上と駅で合流した。

しかし向かったのは、駅ビルのなかにある和風居酒屋だ。普段のルーティンにはないお店をわざわざチョイスしたのは、ここが完全個室であると知っていたから。これから、他人に聞かれては照れくさい話をしようとしているから、ほかの席との間にしっかり仕切りがある空間がうってつけだったのだ。

聞かれたくない話ならば氷上の部屋ですればいいのかもしれないけれど、今日の話の行く末によっては、彼の家には行かずに帰ろうと決めてやってきた。

だってそうでなければ、私たちは本当に身体のつながりだけの関係になってしまう。たとえ氷上の彼女になれなくても、この約十年、彼とは友人としてやってきたわけだから、その思い出をこれ以上汚したくない。

今日に限って「別のお店に行きたい」と言う私に、氷上は別段いやそうにも不思議そうにもせずふたつ返事で応じてくれた。

駅ビルの二階。存在は知っていたけれど入るのが初めてであるこの店は、黒がベースのシックな雰囲気。エントランスが広々としていて、なかも小ぎれいだ。途中、靴を脱いでロッカーに預けてから、店内にかけられた木製の太鼓橋を渡り、指定された個室に向かう。

ふたり用個室の座敷は横並びで、いわゆるカップルシートと呼ばれるスタイル。空間は個室ごとに引き戸で仕切られていて、テーブルの真ん中に置かれているキャンドルの明かりがムーディーでいい。

オーダーしたビールとともに、軽いおつまみが数品届いたあと、軽く乾杯した。氷上はジョッキの中身をひと口飲むと、それをテーブルに置き、傍《かたわ》らの紙袋に手を伸ばした。今日、駅で会ったときからずっと持っていたものだ。

「それが例のお土産？」

「そう、開けてみて」

紙袋を指差して訊《たず》ねると、氷上がうなずいてそれを私に手渡した。

両手に収まるくらいの紙袋は文字や模様のないクラフト地。おそらく別で用意してくれたものだろう。中身は厚みのある立方体の箱がふたつ。それぞれを取り出してみる。

「わ、これチョコレート？」

緑色の箱と茶色の箱。それぞれ、抹茶《まっちゃ》チョコとミルクチョコのようだ。それらしいイラストとブランド名が描かれているパッケージを見つめながら問うと、氷上が「うん」と答える。

「――マレーシアでいちばん人気があるお土産ってなに？　ってＣＡに聞いたら、これを教えてもらったんだ。一応、売れ筋らしいものをふたつ買ってきた。時季柄、ちょうどいいなとも思って」

「おいしそう！」

時季柄——バレンタインのことか。

各国を回ってトレンドのお土産をチェックしているだろう、ＣＡさんのおすすめとあればかなり期待できる。

私は嬉々としてお礼を言うと、紙袋にそれらをしまいながら笑い交じりに続けた。

「最初にあの木彫り人形を見せられてたし、もっと奇抜なものが入ってるかもって身構えてたから、ホッとした」

「あれは冗談だから」

「わかってる」

長い付き合いなので、彼のセンスはなんとなくわかっているつもりだ。でも、あれはなかなかインパクトが強かった。私も彼も、例のそれを思い出しながら笑った。

「じゃありがたくいただくね」

「ん」

紙袋を持ち上げ、軽く揺らしながら氷上に言うと、彼が優しく微笑《ほほえ》む。それを傍《かたわ》らに置きながら、彼はどうしてお土産を駅まで持ってきたのだろう、と考える。

普段通りの流れなら、私が氷上の部屋に行くのはわかっているはず。そこで渡すのでもよかったはずだ。むしろ、持ち運ぶのが手間になるだろう。

それでもこうして持ってきてくれたのは、彼のなかで、もしかしたら私が部屋までは上がらないかも、という可能性を考えてたからではないだろうか。

そういう思考に至ったのはなぜだろう。私が今日、なにを言おうとしているのか、気付いているのかな。その上で「恋人にはなれない」と断りを入れ、この関係を終わらせようとしている？

……いや。もう自分の頭のなかであれこれ勘繰《かんぐ》るのはやめよう。どうせこのあと想いを伝えるんだから、氷上の気持ちは彼の口から直接聞ける。

「——改めて、無事に帰ってきてよかったよ。ハイジャックって一報を見たときは、気が気じゃなかった」

私はそう話し始めつつ、ビールで唇を湿《しめ》らせた。

テーブルには旬のお刺身の盛り合わせや、明太子入りのだし巻き玉子などが並んでいる。とてもおいしそうだけど、言うべきことを伝えるまでは、手を付ける気になれない。

「熊谷がそんなに心配してくれるなんて思わなかったよ。いい意味で、けっこう驚いた」

「……心配するよ」

氷上が意外だとばかりに、うれしそうに言った。

むしろ、驚かれていることに驚いている。

氷上の危険を知り、彼を失う恐怖のあまり取り乱していたと知ったら、彼はどう思うだろう。……言わないけど。

「あのさ、今日……伝えたいことがあるって言ったじゃない？」

深呼吸をひとつしてから、本題を切り出すことにする。

不思議なもので、あれだけ勇気が出ずに言えなかった言葉を、腹をくってからは「早く打ち明けたい」とさえ思うようになった。

相槌《あいづち》を打つ氷上に、私は俯《うつむ》きながら静かに続ける。

「知ってると思うけど、私、自分の思ってることって素直に言えないから、その……言葉選びが変だったり、なに言ってるのかわからないところもあるかもしれないけど、ちゃんと聞いてくれる？」

いきなり予防線を張るなんてあまりにもカッコ悪いけど、男の人に告白なんてしたことがないから、途中でまとまらなくなることもあり得る。

彼の視線を逐一《ちくいち》感じると緊張で心臓が破裂しそうになるので、横並びの席で助かったかもしれない。

ちらりと氷上の表情を窺《うかが》うと、彼は真剣に私の話に耳を傾けていた。そして問いかけに迷わずうなずいてくれる。

「もちろん。ちゃんと聞くよ」

「ありがと」

彼が私に真摯《しんし》に向き合ってくれているのがわかってホッとした。

……さすがに、少し緊張してきたな。

気合を入れる意味で、軽く息を吸い込む。

「——まずは、この間はごめんなさい。氷上を怒らせちゃって」

「いや、あれは……俺が悪かった。こっちこそごめん」

「ううん、全然。私もちょっと、梨生奈ちゃんを引き合いに出しすぎちゃったよね。でも、氷上にいやな思いをさせるつもりはなかったんだ。氷上が謝る必要はないよ」

氷上にすまなそうにされると良心が痛む。彼はちっとも悪くない。悪いのは、試し行為をしていたずるい私だ。

「――で、本題なんだけど……氷上が乗ってた飛行機がハイジャックされてるかもって知ったとき、すごく心配だったし、絶望した。もしかしたらもう氷上と会えなくなるのかもって考えるだけで怖かった」

田所からの連絡でそれを知ったときは、目の前が真っ暗になった。パイロットという職業上、そういったトラブルに巻き込まれる危険性があるという知識は持っていたけれど、彼に限って起きるわけがないという、根拠のない自信があったせいだ。

「それと同じくらい、後悔したの。会えなくなるかもしれないなら、自分の気持ちをきちんと伝えればよかったって。拒絶されたらとか、恥ずかしいからとか、そうやってずっと先延ばしにしてたけど、それを氷上に伝えることすら叶わなくなるかもとは、想像できなかったから」

あの夜の絶望感と不安感はかなり痛烈だったけれど、同等に私の意識を苛《さいな》んだのは、素直になれなかったことへの後悔だ。

そこまで話すと、私はいよいよこのときが来たと覚悟を決める。

背筋を伸ばし、おもむろに彼のほうへ身体を向けた。それを受けて氷上も居住まいを正し、私が言葉を紡《つむ》ぎ出《だ》すのをじっと見守っている。

ずっと守り続けてきたなにかが剥《は》がれ落ちていくような感覚を味わいながら、震える唇を開く。

「氷上のことが、好き。高校卒業して、氷上となかなか会えなくなったときに気付いたの。それからずっと……氷上のことだけ見てた。でも口に出すのは恥ずかしかったし、告白して気まずくなって普段通りの会話ができなくなったらすごくいやだなって思って、なかなか言い出せなかった」

好きという感情をはっきりと伝えるのは、私にとって裸になるも同然だ。首から上が熱くなってくるのを感じるけれど、ここで「恥ずかしいからやめる」なんて言えないし、やってはいけないことだとわかっているから、なんとか言葉を重ねていく。

「年末に……氷上と、そういうことがあって、変な関係になっちゃって。でも正直、うれしかったんだよね。だって好きな人と触れ合えるわけだから。それとは別に、付き合ってもないのに身体を許すような女のこと、好きになったりしないよなあって葛藤《かっとう》もあったりして」

梨生奈ちゃんに言われた台詞《せりふ》を思い出した。彼女の言う通りだと思うし、だからこそただでさえ彼にとって恋愛対象外である私は、さらにその外側に回ってしまった感があった。

「そこでぐずぐずしてるうちに、たまたま梨生奈ちゃんと鉢合わせちゃってさ。……やっぱり彼女ってかわいいから、そういう子と接点を持ったら、氷上も好きになっちゃうかもって不安で。この間、そういうふうに話を持っていったのは、私が彼女に対してコンプレックスを持ってたからなんだ。……本当にごめん」

自分の気持ちを伝える踏ん切りはつかないくせに、梨生奈ちゃんを引き合いに出して、氷上に「そんなことないよ」と言わせることで、安心しようとしていた。そんな私はずるいし、潔《いさぎよ》くない。

「だけどこれだけは言える。氷上を好きな気持ちだけは、だ……誰にも、負けない」

素直な感情を言葉にするけれど、ストレートすぎただろうかと羞恥心《しゅうちしん》が募《つの》る。決まり悪くて、これ以上氷上の顔を見ていられない。

堪《たま》らずぎゅっと目を閉じると、膝《ひざ》の上で組んだ自身の両手に視線を落とした。

「熊谷……」

「す、好きな人がいるのは知ってるよ。だから全然、フッてくれていい。ただ、ちゃんと伝えなきゃって思っただけだからっ——ご清聴ありがとうございましたっ、終わり」

頑張った。ちゃんと言いたいこと、全部言えた。最後、真面目すぎる内容をごまかすみたいに、バカ丁寧に締めくくってしまったけれど、やれるだけのことはやった。

今週は保育園への出入りがあったため、トップコートだけを塗った短い爪を見つめながら、氷上の言葉を待つ。

少しの間、空白が生じた。

「……じゃあ、熊谷の好きな人っていうのは、俺だったってこと?」

ようやく発された問いかけにうなずく。そういえばポロッともらして、適当にうそをついたことがあったかもしれない。

「そうだったんだ」

氷上がひどく面食らっている様子なのは、声の調子だけでもわかった。

恐る恐る彼の顔を覗き見ると、信じられないとばかりに、二重《ふたえ》の黒い目を瞬《まばた》かせている。

「……ごめん。俺、今、めちゃくちゃびっくりしてる」

「そ、そうだよね……まさか私が氷上のこと好きだなんて、思いもしなかったよね」

膝《ひざ》の上に置いていた両手をパッと上げ、仕方ないよと伝えるつもりでぶんぶんと振る。

――この感じは、やっぱりダメか。フラれる感じだ。

……まぁ、そうか。恋愛対象外だと思っていた相手に突然告白されたら、こんな反応にもなる。

あとは、どう泣かずにこの場を切り抜けられるかだ。

「そうじゃなくて」

なんてことを考えていると、氷上が首を横に振った。

「――熊谷が俺と同じ気持ちでいてくれたってこと」

「っ……？」

どきんと心臓が跳ねた。彼のちょっと照れたような微笑《ほほえ》みから、目が離せなくなる。

――同じ。って、えっ？　それって……？

「俺がずっと聞きたかった言葉が聞けて、すごく驚いてるんだ。……望みは薄いと思ってたから」

「ちょ、ちょっと待って……あの、私、今すごく混乱してるんだけどっ……!?」

氷上の言葉が、表情が、私が夢にまで見た状況を伝えてくれている気がするのに、まだ確信が持てない。心拍数が急に上がったせいか、この時期なのに身体がやたら熱くなる。

「そっか。じゃ、改めて、俺からもちゃんと伝えさせて。……まずは俺も、最初にひとつ謝らなきゃいけないことがあるんだ」

柔らかな表情を浮かべていた彼が、困惑したときのように眉根を下げた。そして、ほんの少しためらったあと、意を決した様子で口を開く。

「熊谷がうちに来て酔い潰れた日があっただろ。あのとき俺、シたって言ったけど、本当はシてなかったんだ」

「ええっ⁉」

思わず大きな声で叫んだ。ほかの席にまで聞こえたのではと案じて、今さらながら両手で口元を押さえる。

「――だ、だって私、裸だったしっ……氷上も、身体の相性が抜群だった、みたいなこと言ってたじゃない。シたからそういう関係を継続しようって持ちかけてきたんじゃないの？」

すぐに両手をぱっと下ろし、声を潜《ひそ》めて矢継ぎ早に訊《たず》ねる。そういう話でなければ、つじつまが合わない。

「いや、俺が脱がしたわけじゃないからな。熊谷が暑いって自分で脱いだんだよ。それを冗談のつもりでからかってみたら、お前があっさり信じちゃって……なんか、引っ込みがつかなくなって」

後頭部を片手で押さえる氷上が申し訳なそうに答えたけれど、ため息をひとつこぼし、苦笑しながらこう言った。

「……いや、そんなの言い訳だな。そういう事実があったってことにして、俺のことを男として意識してほしかった。で、まずは身体だけでもいいから触れ合うきっかけができれば、そのうち心も俺のものにできるんじゃないかっていう」

そこまで言うと、氷上のまなざしがぐっと真摯《しんし》なものになる。イケメンはなにをしていてもイケメンだけれど、こんなふうに真剣な表情には無条件に惹《ひ》かれた。

「——俺も熊谷のこと、ずっと好きだったんだ。言い出せなかった理由も一緒。もしゴメンナサイされたら、ふたりで遊んだり、連絡取り合ったりしづらくなると思って。でも、熊谷も同じように思ってくれてたんなら、臆病にならずにもっと早く伝えればよかった」

決定的な台詞《せりふ》が彼の唇から飛び出して、胸が甘酸っぱく疼《うず》く。と同時に、この二十七年間、感じたことのないよろこびが全身を打った。

……うそみたい。ほ、本当に……？　氷上も私のこと、好きでいてくれたの？

——でも、待って！

「っ……だって、氷上には好きな人がいるんじゃ」

彼は確かにそう言っていた。勝率が低そうで、打つ手がなくなってきたというその女性のことを、私はずっと羨《うらや》ましいと思っていたのだ。

すると彼は平然とした顔で「いるよ」と答える。そのあとに続いた言葉に、度肝を抜かれた。

「——熊谷のことを言ったつもりだったけど、いまいち伝わってないみたいだったよな」

えっ、好きな人は私……!?

「伝わらないよ！　じゃあ、私はずっと自分に嫉妬《しっと》してたってこと……？」

へなへなと身体の力が抜けていく。……この世のどこかに存在するであろうと思っていた見知らぬ彼女は、自分自身だったというのだ。サスペンス映画のオチみたいな展開に呆然とする。

「ふうん、妬《や》いてくれてたんだ」

「っ……！」

にやりと人の悪い笑みを浮かべた氷上が、愉快そうにつぶやく。

「反応が素直でかわいいよな、熊谷って。『そうです』って顔に書いてある」

「う、うるさいなぁ……」

実在しない相手に対してやきもちを妬《や》いていたことも、それを彼に知られてしまったことも、どちらも恥ずかしい。

私は小さく唸《うな》りながら、両頬を軽く押さえる。

「好きな人のことはいいとして、梨生奈ちゃんはどうなの？　ふたりで会う約束なんてして」

疑わしきはもうひとつ、梨生奈ちゃんだ。私には直接、彼女が気になるとは言ってこなかったけれど、わざわざふたりで会う時間を取っているところに、下心を感じる。

「あぁ、島さんな。彼女に対しては、申し訳ないけど好きとかの感情は一切ないよ。会う約束したのは前にも言った通り、本を貸してほしいって言われたからっていうのと……それが熊谷の耳に入れば、少しは妬《や》いてくれるかなって期待したんだ。それで揉《も》めちゃったけど」

失敗した。そう言わんばかりに、氷上が肩を竦《すく》めてみせる。私が最後に氷上に会ったときの話だ。

「あのときの熊谷、むしろ島さんと俺をくっつけたくてしょうがない感じだったからさ、全然脈ないなってかなり落ち込んだんだよ。それで大人げない反応をしてしまったのは反省してるし、あれは俺のほうこそ悪かったたって思ってる。だから、ごめん」

「……そういう理由だったんだ」

頭を下げる彼を見て、彼が怒っていたことに合点がいった。落ち込んで、ふてくされたというところなのだろう。

「納得した？」

彼が首を傾《かし》げて訊《たず》ねるので、まだあまり現実感のないまま、こくんとうなずく。

「──あっ、じゃあ私たち、両想いってことでいいんだよね……？」

「そういうことになるな」

今さらな問いがおかしかったのか、氷上が喉を鳴らして笑った。彼はそれから、片手を私の背中に回して抱き寄せると、もう片方の手で私の頬に触れ、唇にキスを落とす。

「えっ、熊谷……!?」

頬をそっと掴《つか》んでいた手と、軽く触れた唇が遠ざかり、私の双眸《そうぼう》からひとすじずつ涙がこぼれる。

それを見た氷上が、慌てて私の名前を呼んだ。

「ごめ……だ、だって、氷上が私のこと好きだなんて、全然わからなかったからっ……！」

時間をかけ、やっと彼の想いが腑《ふ》に落ちると、密《ひそ》かに氷上を想い続けていた日々が頭を過《よぎ》り──

あぁ、このキスにはお互いの気持ちが伴《ともな》っているんだな、と思って、涙してしまった。

「俺だってそうだよ。昔から俺が女の子たちにちやほやされてても、『大変だね』ってサラッと流されてたし」

「それは……だって、あからさまにやきもち妬《や》いてたら、その気があるの丸わかりになっちゃうから、スルーするでしょ」

言葉を交わしながら、氷上は指先で私の涙をそっと拭《ぬぐ》ってくれる。涙のせいで少しぼやけていた彼の顔が、クリアに見えるようになった。

「これからはスルーしないでよ」

目を細めた氷上が、優しく言い含める。

「――俺もしないから。これだけ回り道したんだから、もう熊谷のこと離す気ないよ」

そう言った氷上が、私の片手を取り、その甲へ愛《いと》おしげにキスをした。

「俺たち、ちゃんと付き合おう。俺の彼女になって」

再び顔を上げた氷上の凛々《りり》しさに、彼の唇が触れた手の甲の熱に。甘苦しいときめきを覚えながら、「うん」とうなずくと、彼がうれしそうに笑った。

彼女という特別な響きがすごくうれしくて、胸が熱くなる。

……私、そばにいていいんだ。氷上の恋人として。彼女として。

「話してたら全然減ってないな」

ふと、テーブルの上の料理を見やり、氷上が苦笑する。

「そういえば手付けてなかったね。……私、緊張しててあんまり食欲湧かなくて」

頼んだはいいけれど、どう話そうかのシミュレーションで頭のなかがいっぱいだった私は、とても食事をする余裕がなかった。

「実は俺も」

「えっ、氷上も？」

氷上が決まり悪そうにうなずく。

「熊谷のほうから告白してくれてうれしかったけど、もしそうじゃなかったとしても、今日は自分の気持ちを伝えるって決めてたから」

すると、氷上がいたずらっぽい笑みを見せた。そして、つい先刻のように、ドキッとするようなひたむきなまなざしを、こちらへ向ける。

「好きだよ。熊谷の彼氏になれてうれしい」

「そ、その顔で言うの、ずるいっ……」

不意打ちの愛情表現。イケメンゆえの破壊力は、やはり凄《すさ》まじい。うれしさと恥ずかしさが綯《な》い交《ま》ぜになり、顔がまた熱くなっていく。

「いつもこの顔なんだけど」

氷上がおかしそうに噴き出したので、私もつられて笑ったのだった。

◆◇◆

お酒と料理を楽しんだあと、私たちは氷上のマンションに向かった。

もう紛《まご》うことなき恋人同士となったのだから、部屋に行くのを躊躇《ちゅうちょ》する理由はないし、時間が許す限り彼と一緒にいたい。

「なんかしばらく来てなかった感じがする」

「そう？」

氷上が鍵を開け、私が玄関の扉を押し開ける。一歩なかに入ると、それまでの外気の冷たさがうそだったかのように、暖かな空気に包まれた。

「氷上、暖房入れておいてくれたんだ、優し――っ……!?」

うしろの氷上が、カチリと扉を施錠した音が聞こえた。玄関の明かりを点けた私が彼を振り返ったとたん、きつく身体を抱きしめてくる。

「えっ、ちょっ……氷上？　んんっ――」

戸惑っているうちに、彼の片手が私の顎《あご》に伸びた。軽く仰《あお》がされる形になって、強引にキスをされる。

「ん、ふぁ――んんっ、ふ、ぅっ……！」

腰にがっちりと腕を回され逃げられない。重なり合った唇から、氷上の舌が入り込んできて、口のなかをゆっくりと掻《か》き混《ま》ぜるように刺激してくる。

「っ、は……ごめん。家までは絶対我慢しようって決めてたんだけど、ここまでが限界」

名残惜《なごりお》しそうに唇を離すと、氷上は私を抱きしめながら、耳元でささやく。

「熊谷が俺の彼女になってくれたって思ったら、触れたくて仕方ない。俺、店にいるときからけっこう耐えたと思うんだけど」

舌先を伸ばし、今度は耳を愛撫《あいぶ》し始《はじ》める。

「んんっ……ぁあっ、耳、だめぇっ……」

ざらざらした表面で、耳輪《じりん》や耳朶《じだ》の輪郭《りんかく》をなぞっていく氷上。それだけで思考がショートしてしまうような快感が、線香花火のように弾ける。

「そんな声出して、相変わらず説得力がないな」

「ふぁ、あぁんっ……んん、ぁあああ……！」

揶揄《やゆ》しながら、ちゅうっと耳朶《じだ》を吸い立てられた。その水音に、刺激に、媚《こ》びた声が止まらない。

「腰にクるんだよ、熊谷の甘い声」

弱いところに愉悦を送り込みつつ、氷上は黒のチェスターコートの胸元をまさぐり始めた。ボタンを外して脱がされると、その下のクリーム色のニットとブラウンのスカートが露《あら》わになる。ニットの裾をその下のキャミソールと一緒に胸の上まで捲《まく》り上《あ》げると、彼の視線の先に薄いブルーのブラが晒《さら》された。氷上は躊躇《ちゅうちょ》なく、片手を背中に回して、ブラのホックを外す。

「や、ぁっ……こんなところでっ」

「ごめん。キスだけじゃ我慢できなくて。でも、たまにはこういうのもいいんじゃない？」

言葉とは裏腹に悪びれない口調で言うと、氷上は私を支えてくるりと反転した。私が扉に背中をつける形になる。

「背中、冷たくない？」

「ん、大丈夫……」

気遣ってくれる彼に返事をすると、氷上は「そう」とうなずく。そして、ブラのカップを上にずらし、顔を出したふたつの頂《いただき》をそっと指先で摘まむ。

「ひ、ぅうっ……！」

ぴりぴりとした刺激に嬌声《きょうせい》がこぼれると、すりすりと指先で頂《いただき》を転がしながら私の顔を覗き込んだ。

「最近、少し女っぽい格好するようになったのって、なんで？」

「なんでって……」

口ごもりながら照れてしまう。

――私が服装を変えたこと、気付いてたんだ。

「もしかして、俺のこと意識した？」

「っあぁっ……！」

氷上がきゅっ、と頂《いただき》を扱《しご》いて、いじわるに訊《たず》ねる。

「熊谷って本当に顔に出るよね。そこがかわいいんだけど……あ、ここ勃《た》ってきた」

親指の先で頂《いただき》をぐりぐりと圧《お》し潰《つぶ》すように転がしながら、胸元に視線を注いだ氷上がつぶやく。

彼はそれから、私の全身を舐《な》めるように見つつ、再び口を開いた。

「こういう格好、俺は大好きだし着てほしいけど、ほかの男の目が気になる。熊谷がかわいくてきれいってこと、気付かれそうでさ……四人で集まるときには着てくるなよ。心配だから」

「そう言ってくれるのはうれしいけど……わ、私別に、かわいくも、きれいでもないから、反応に困るっ……」

つまり嫉妬《しっと》してくれている、ということだろうか。絶対に私を異性としては見ていないはずの鈴村や田所まで、警戒しなくてもいいのに。

きゅんとするしうれしいけど、私は氷上と違って平凡を地で行く女なので、その心配がなさそうなのが悲しい。

恐縮すると、彼が毅然《きぜん》と首を横に振る。

「そんなことない。熊谷はかわいいし、きれいだ。俺が保証する」

「め、めちゃくちゃ褒めてくるじゃんっ……どうしたの、急に」

セフレになってから多少片鱗《へんりん》は見えていたけれど、友人付き合いをしていたころの氷上は、異性を意識させる誉め言葉は使わない男だったので、唐突なキャラ変に戸惑う。

「俺、多分、好きな子はベタベタに甘やかしたいタイプなんだと思う」

――「思う」ってなんだ。まるで、知らなかったみたいな言い方だ。

「今までの彼女もそうだったの？」

「さぁ、知らない」

「思い出してよ」

「無理だよ。そんな遠い昔の話」

「ええ？」

私がぱちくりと目を瞬《またた》かせると、氷上はあまり知られたくなかったことを示すみたいに、ばつの悪い顔をする。

「最後の彼女と別れたのは高一とかだから。あんまり参考にならないしな」

「――それ以来誰とも付き合ってないの？　この見た目で？」

「見た目は関係ないだろ」

氷上が苦笑して突っ込むけれど、私は開いた口が塞《ふさ》がらない。

言われてみれば、女の子の気配を感じたことは一度もなかった。それでも常軌を逸《いっ》してモテるのだから、私の見えないところで、私の知らない誰かとひっそりお付き合いを重ねていた時代はあるだろう、と思っていたのだ。

「高校入ってからは友達といるのが楽しかったし。熊谷と遊ぶようになってからは、お前のことしか見てなかったから」

「そっ……そんな昔から私のこと好きでいてくれたの？」

「一途《いちず》だろ。笑えるくらい」

私たちが同じクラスになったのは高校二年だから――十年越しの片想いってわけ？

彼の想いの強さを知って、頬が緩む。

……私たちって、つくづく似たもの同士だったんだなぁ。

「俺がいかに真剣に熊谷のこと好きか、わかってくれた？」

「んんっ……！」

問いかけたあと、氷上が私の身体を扉に押し付けながら胸の膨らみに顔を埋めた。片方の頂《いただき》を唇で啄《ついば》みながら、それを舌先で撫《な》でつける。とたんに、淡い悦《よろこ》びが弾ける。

「ん、っく……本当に、もっと早く……伝えておけばよかったよ――」

「んぁあっ……それ、気持ちいいっ……」

「ここ舐《な》められるの好きだもんな」

「あんっ、ぁあっ……！」

――舐《な》めながら吸われると、頭の芯が痺《しび》れてくる。

甘い快感の波に揺蕩《たゆた》いながら、氷上が与えてくれる恍惚《こうこつ》に酔いしれていると、顔を上げた彼が視線をこちらに向けてくすっと笑う。

「ここ玄関だから……扉は厚いけど、あんまり大きな声出すと外に聞こえるかもよ？」

「っ……！」

「京佳のいやらしくてかわいい声、ほかの奴に聞かせたくないな」

「っ！　今っ、名前で呼んだっ……！」

あまりにもさりげなかったので聞き逃しそうになったけれど、誰に呼ばれるよりも胸の奥がじーんと熱くなってドキドキする。

まさか、聞き慣れたはずの自分の名前で、こんなに心を動かされるとは思わなかった。

「友達から恋人にランクアップしたんだから、呼び方も変えたほうがいいかと思って。いや？」

「いやじゃない、けどっ……」

――なんか、恥ずかしい。彼と出会ってからずっと苗字で呼び合ってきたから、こそばゆい感じがする。

「じゃあＯＫってことで」

しきりに照れる私の顔を見て声を立てて笑うと、氷上は話はついたとばかりに、また膨らみの頂《いただき》を口に含んだ。

「京佳はここ、噛まれるのと吸われるの、どっちがイイんだっけっ……？」

「ぁあっ、やぁっ――それ、ぞくぞくするっ、んんっ……！」

甘噛みされるのも、吸い立てられるのも。どちらも、思わず呼吸が止まりそうな悦楽が頭のてっぺんに、下腹部に、響いて、私はのけ反《ぞ》りながら答えた。

「それってどっち？　噛むほう？　吸うほう？」

「あぁ、んんんっ……どっち、も、っ……！」

「どっちもイイんだ。なら両方してあげるね」

「んぁああっ……んん、ふぁ、あぁんっ……！」

左右の頂《いただき》を甘噛みしてから吸い付かれる。交互にやってくる毛色の違う悦《よろこ》びに浸《ひた》りながら、私は制御できない喘《あえ》ぎをこぼす。

「本当にさ……普段はサバサバしてるくせに、セックスのときだけ急に甘い声になるのなんなの？かわいすぎて困るんだけど」

「んはぁ、ふぅうっ……」

そんなの知らない、意識していない。そう思うけれど、普段の反応とは違う自覚があるから、言い返せない。

氷上はちゅぱっと大きく音を立て唇から胸の先を離すと、片手で私のスカートをたくし上げ、もう一方の手で太股《ふともも》を撫《な》でる。

「もっとエロい声聞かせてよ、京佳」

「っ、ぁはぁあっ」

ソフトタッチで太股《ふともも》を這《は》った指先は、慣れた手つきで恥丘に向かう。

「京佳は濡れるのが早いよね。もうとろとろ。早く触ってほしかった？」

下着の中心を撫《な》で、そこが十分に濡れそぼっているのを確認すると、わかっているくせに、わざと訊《たず》ねてくる。

「……知らないっ……」

素直に答えるのは悔しい。だから小刻みに首を横に振って、蚊《か》の鳴くような声で答えた。

「じゃあここに直接訊《き》いてみようか」

氷上は私の答えを見透《みす》かしていたみたいに、私のショーツを膝上《ひざうえ》までずり下ろすと、無防備な秘部に無遠慮に指を這《は》わせた。

「ぁあああっ……！」

熱い蜜が滲《にじ》む粘膜に、自分のものではない、骨ばった指が心地いい。くちゅりと粘着質な音を響かせて指を動かされると、指先が秘芽を掠《かす》めて、お腹《なか》の奥が激しく疼《うず》く。

「直《じか》に触っただけでそんな声出して、この先どうすんの？」

吐息で笑いながら、氷上が耳元で訊《たず》ねた。自身の片脚を私の脚の間に割り入れ、ぐっと押し付けながらさらにこうささやく。

「――これからもっと気持ちよくなっちゃうんだけど？　……わかるだろ？」

「っ……」

私の太股《ふともも》に、氷上の屹立《きつりつ》が当たっている。デニムの内側で、私がほしいと脈打っている熱い塊《かたまり》。その存在を肌で感じさせられた興奮で、下肢にとろりとしたものが落ちていくのがわかる。

「これは最後に取っておくから……まずは京佳にたくさんイってほしいな」

「んっ、あ――」

まだお預け。そんなニュアンスで、彼はまず指を一本膣内に押し込んだ。毎週のように彼の逞しいものを受け入れている入り口は、スムーズに根元までそれを呑《の》み込《こ》む。

「あぁ、ナカ熱い……解《ほぐ》れてるから、余裕だね」

「んんぅっ！」

彼はすぐに膣内を探る指を三本に増やした。一気に質量が増えても、私の身体は彼の愛撫《あいぶ》に順応してしまい、甘い刺激と捉《とら》えるだけだ。

「ぐちゃぐちゃ聞こえるね？　すごく感じてるんだ」

「っ、いじわるっ……わざわざ、言葉にしないでっ……」

三本の指で内壁を広げられると、一本で探られていたときよりも重たい水音が鼓膜を刺激する。指摘のせいで、自分が反応しすぎている気になって、羞恥心《しゅうちしん》を煽《あお》られた。

「でも本当のことだから。違う？」

消え入りそうな声で反論する私の顔を見つめながら、氷上が満足そうに笑う。

彼は私がセックスのときに豹変《ひょうへん》するようなことを言っていたけれど、自分だって同じだ。いつもよりずっといじわるになるという自覚はあるのだろうか。

「あ、最近はナカでも気持ちよくなれるんだよね？　ここ……とか」

「あっ！　やぁっ――んんんっ……！」

反論するより先に、氷上が指先を抽送しながら、お腹《なか》の内側のある一点を攻め始めた。すると、下肢全体が甘く切ない感覚に支配される。

「うそつくなよ。いやだったらこんなにナカ締め付けたりしないよ」

「締め付けて、なんてっ――あぁあっ……！」

貪欲《どんよく》に刺激を求めていることを指摘されると、いけないことをしている心持ちになって、快楽が増幅する。

「腰、かくかくしてる。もっと擦《こす》ってほしい？」

「あっあっやぁあっ！」

私の動きに呼応して、氷上は柔く膣内を掻《か》く手を速めた。唇から、壊れた人形みたいに甘くはしたない声が止まらない。

「俺が処女をもらうまで、なにも知らなかった身体なのに……もうこんなにほしがるようになっちゃったんだ。ナカがすごく吸い付いてくる」

氷上の声音は激しい興奮を隠さない。

お腹《なか》の下が熱い。バターがとろけているかのようなその場所が、彼の手をひどく汚してしまっているだろうと想像がつく。

「んんっ、だめ、氷上っ……そんなにしたら、私、ぁあっ……！」

「うん、気持ちよくなっていいよ。イかせてあげるから――でも一応、声のボリュームは下げろよ？」

顎先《あごさき》で扉を示しながら、仕上げとばかりに彼がスパートをかける。イイところを短い間隔でぐりぐりと刺激して、私を高みへと追い立てていく。

「あっ、やぁっ、んはぁっ！」

――あぁ、もう、だめ。こんな場所なのに気持ちよすぎて耐えられないっ……！

「っ、ふぅううっ……!!」

甲高《かんだか》い声を上げてしまいそうになりつつ、すんでのところで堪《こら》えた。ぎゅっと唇を噛み、あられもない悲鳴を呑《の》み込《こ》んだ私は、いちばん高いところまで上り詰める。

その瞬間、ぶるりと腰が震え、秘裂からなにかが迸《ほとばし》るのを感じた。

「すっご……軽く潮噴けるようになってるし」

氷上のひとりごとみたいなつぶやきでそれを知って、恥ずかしさのあまり泣きそうになる。

「ひ、氷上のせいだよっ……氷上が、わけわからなくなるくらい気持ちよくするからっ……！」

そういう現象が起き得るという知識だけは持ち合わせていたけれど、自分がそれを体験することになるとは思わなかった。性に対して極めてクローズな私には、親和性の低い出来事だと決めつけていたから。

「うん、そうだな。……俺の手で京佳をそんなふうにイかせたんだと思うと、余計興奮する」

非難したつもりだったのに、氷上は私の愛蜜でびしょびしょになった手や自身の衣服と、私の顔とを見比べて、うれしそうに笑う。

刹那《せつな》、その目が獰猛《どうもう》な肉食獣のごとく鋭く光った。歓喜の余韻を引きずる身体は、新たな期待を勝手に見出し、また疼《うず》き始《はじ》める。

それから彼は片手で私の身体を抱きしめると、耳元でこうささやいた。

「――ここもスリルあって悪くないけど、ゴムないから……ベッド行こ？」

私は氷上が促《うなが》すままに、小さくうなずいた。


白で統一されているベッドを見るたびに、いつもホテルみたいだな、と思う。

気が付けば、それは自宅にある自身のベッドの次に心を許せる空間になっていた。それだけ、この部屋に通っているということだ。

着ていた服をすべて脱がされたあと、氷上もニットやデニムなど、自分の衣服を取り払っていく。

さすがは体が資本のパイロット。均整の取れた身体つきは、いつ見ても惚《ほ》れ惚《ぼ》れする。触れ合っているときに凝視するのは恥ずかしいから、こうしてじっくり眺められるのは、彼が着替えている瞬間だけなのだ。

ベッドの上でシーツに包《くる》まりながら、「やっぱりカッコいいな」と心のなかでつぶやいた。

「ねえ、ひとついい？」

「ん？」

「氷上ってセックス上手いよね」

ベッドを椅子代わりにし、下着姿になった彼に、なんとなく燻《くすぶ》っていることを告げてみる。

「……それはどうも」

私のほうを向いた彼は、よろこんでいるというよりは、反応に困っているという様子だ。多分、「なにを急に？」と思っているのだろう。

「でも、長いこと彼女いないんでしょ？　それってどういうこと？」

さっきのカミングアウトにかなり驚かされたので、突いてみることにする。相手がいなかったのにセックスが上手いというのは、どうにも理解できない。最中の雰囲気も、ナチュラルにSっぽくなって、慣れた感じだし。

「どういうこと、って訊《き》かれても」

「まさか、性欲だけは別カウント、みたいに、外で遊びまくったりはしてないよね？」

「仮に、そうだったらどうする？」

「……うーん。けっこういやかも」

少し考えてから、首を傾《かし》げて答える。

「ていうか、すごくいや。こういうことって、やっぱり好きな人とするものだと思うから、氷上が誰とでもできちゃうのはちょっとな……」

実際に触れ合ってみてわかった。自分のすべてを相手に委《ゆだ》ねる行為は、想いがある人でないと嫌悪感が生じるのではないか。そのあたり、男性と女性ではまた違うのかもしれないけれど。

「って、セフレになった私が言っても説得力ないか」

口に出したあと、私自身がそういう関係を許容しているのに、筋が通らない発言だったと苦笑した。私が言えた台詞《せりふ》ではない。

「俺たちは結果的に好き同士だったし、単純なセフレって関係性は填《は》まらないだろ」

氷上がフォローを入れてくれながら、「あと」と語気を強めて、私に顔を近づける。

「俺自身の名誉のために言っておくと、外で遊んだりはしてない」

訴える氷上の瞳はまっすぐで、うそはついていないように見える。

それでも——

「……なんだよ、その目は」

「本当かなって」

やっぱり疑問に思ってしまう。

こういうテクニックは実践によって磨かれていくものではないのかと、つい最近まで処女だった私は考えてしまうのだ。

すると氷上はちょっとだけ傷ついたふうに息を吐いたあと、ふいっと視線を逸《そ》らした。

「上手いとか知らないよ。俺はただ、京佳に気持ちよくなってもらいたいだけ」

——え、じゃあこのテクとナチュラルSは天然ってこと？

私に気持ちよくなってもらいたい一心で、いかにも慣れてますってふうに振る舞えてる？

……この男、なにからなにまでモテ要素満載なんだ。田所が知ったら絶対「不公平だ！」って喚《わめ》きそう。

「まあ、あんまり異性の話はしてこなかったから。疑われても仕方ないとは思ってるけど、でも遊んでるって思われてるのは不服だな」

下着を脱ぎ、手に持っていた避妊具のパッケージを歯で破ると、彼は中身を自身に被せていく。

毎回、この瞬間にどこに視線を置いておくべきなのか、正解がわからない。なんとなく彼からは逸《そ》らし、無意味にカーテンを見つめてしまう。飾りけのない、無地のグレーのカーテン。

「お喋《しゃべ》りはこの辺にして——」

準備を終えた氷上が、私が被っていたシーツを剥《は》いだ。そして私の身体を組み敷くと、張り詰めた熱棒を秘裂に押し当てる。

「入り口がヒクついてる。京佳ももうほしいんだよな？」

「っ……」

確信めいた口調で氷上が問うのは、切っ先が触れた瞬間に秘裂の襞《ひだ》がひくひくとわななないたからだ。完全にナチュラルSモードに入った彼が、薄い微笑《ほほえ》みを湛《たた》えて私を見下ろす。

「ナカにほしいなら、俺のお願い、聞いてもらってもいい？」

「な、なにっ……？」

「俺のことも名前で呼んでよ」

「えっ⁉」

「そんな驚く？　俺ばっかり名前で呼ぶの、少し寂しい」

「……あ、う」

冗談と本気が入り混じった響きに、言葉が詰まる。

「……あの、誤解しないでほしいんだけど、呼びたくないとかじゃないんだよ。その、氷上だから、急に下の名前で呼ぶのが気恥ずかしいっていうか……」

彼としては、私を名前で呼んでくれたときに、自分にもそうしてほしかったに違いない。わかっていながら実行に移せなかったのは、ひとえに私の羞恥心《しゅうちしん》の問題だ。

「知ってる。京佳はそういうところあるもんな。でも、それを承知でお願いしてる」

そこまで理解してくれてなお、彼も譲りたくないところなのだろう。ねだるような、甘えるような口調で彼が続ける。

「一度呼んじゃえばあとは楽だよ。時間が空《あ》けば空《あ》くほど、呼びづらくなるから」

それもそうだ。今日は付き合い始めの記念すべき日。ここできちんと名前呼びができれば、次第に慣れていくだろうし――

「それに、呼んでくれないといつまでもこのままだよ？」

「つあ、う……」

氷上は屹立《きつりつ》を潤《うる》んだ秘裂に軽く擦《こす》り付《つ》けながら、いじわるにこちらの反応を窺《うかが》う。

避妊具越しの切っ先が秘裂の凹凸《おうとつ》をなぞるように滑り、敏感になっている粘膜にもどかしい刺激を与えてくる。

私はすでに彼が下肢を貫《つらぬ》いてくれるときの悦楽を覚え込まされている。だからその動作だけでも、もっと強い快感を求めてお腹《なか》の奥がきゅんと切なくなってしまう。

「わ……わかった、わかったからっ……」

劣情にも煽《あお》られ、必死にうなずく。羞恥心《しゅうちしん》をかなぐり捨てて、改めて口を開いた。

「あ……葵っ」

彼の名を呼んだ瞬間、下腹部に触れていた彼のものの硬度が増し、ぐぐっと反《そ》り返《かえ》る。

「……想像以上にかわいい。今の呼び方、ゾクゾクくる」

彼の瞳が情欲に満ちていくのがわかる。やや呼吸が速くなった氷上が、入り口から滴《したた》る愛蜜をまとわせ、切っ先を秘裂に宛がった。

「──約束通り、俺の……ナカに挿《い》れるよ」

氷上がそう言って、自重を乗せながら膣内に侵入してくる。

「あっ、あぁっ……！」

みちみちと音を立てながら隘路《あいろ》を掻《か》き分《わ》けてくる感覚が堪《たま》らない。指では当たらなかったところも同時に擦《こす》れて、悦《よろこ》びがあちらこちらで弾ける。

「っ、はぁっ……京佳、いつもよりも興奮してるっ……？　ナカうねって、絡みついてくるんだけどっ……」

「わかんないっ……でも、お腹《なか》熱くてっ……んんっ……！」

切なげな声で激しい快感を訴える氷上。私も目が眩《くら》みそうなほどの愉悦に翻弄《ほんろう》されつつ、なんとか言葉を紡《つむ》いだ。

「もう奥まで届くよ……っ、く……」

熱い吐息をこぼしながら、根元までを呑《の》み込《こ》む。尖端部分が最奥に届いている感覚に、彼と完全にひとつになっているという充足感を覚え、またお腹《なか》の奥が痺《しび》れてくる。

「ヤバい……挿《い》れただけで出ちゃいそう……」

今までの触れ合いでは知り得なかった多幸感を、きっと氷上も感じてくれているのだろう。

身も心も満たされるセックス。だからこそ、感覚もここまで鋭敏になっているのだ。

「こっち見て、京佳」

氷上の温かい手が私の頬に触れる。言われるがままに快感に浮かされた彼の目を見つめると、キスが降ってくる。

「んっ、ふ、ぅうっ……」

小鳥がくちばしで啄《ついば》むようなキスは、次第に角度を変えて深く唇を重ねる激しいそれに変わっていく。

唇や舌の動きに同調して、下肢で繋がり合う部分もきゅんきゅんと疼《うず》く。それこそまるで、キスをしているみたいに。

「いつものキスより、ずっと気持ちい……っ、好きって気持ちが乗っかってるの、わかったからかな……」

どれくらい唇を重ねていたのだろう。離れていく彼のそれが、熱っぽくつぶやいた。

私も同じことを考えていた。そう言いたかったけど、頭がぼうっとして上手く言葉にならない。

「もうそろそろ平気そう、動くよ」

そのうちに、私の腰を掴《つか》んだ氷上が律動を始める。

「あっ、あぁ、んんっ……はぁ、あっ……！」

求めていたものを与えられ、一度は静まりかけた欲望が再び火を噴き始める。切っ先の張り出した部分に内壁を擦《こす》られると、自然と腰を突き出してしまう。もっと密着したい衝動に駆られて、彼の背中に両手を回した。

触れた肌から伝わる氷上の体温が心地いい。

「京佳、かわいい……好きだよ……」

「ん、私、もっ……ぁ、ああ！」

最初は遠慮がちだった動きが、膣内の潤《うるお》いも手伝って徐々に大胆になっていった。それに従い、ピストンも尖端ギリギリまで引き抜き、一気に根元まで押し込むような、勢いのあるものに変わっていく。

「奥突かれるのいいの？」

「つはぁ、イイっ……奥、好きっ……！」

彼のすべてを収めると、自《おの》ずと切っ先で奥を叩かれることになる。激しい快楽を享受し、羞恥心《しゅうちしん》が薄れ始めていた私は、彼の背にしがみ付きながら必死にうなずいた。

「ちゃんと言えたからご褒美っ――」

それに気をよくした氷上は、私の内側を穿《うが》ちながら、片手の指先で秘芽を探り、愛撫《あいぶ》し始《はじ》める。

「ぁ、だめ、一緒にいじっちゃ……んんんっ！」

「なんで？　京佳は奥トントンされながらクリいじられるのが感じるんでしょ？」

自分の感じやすい場所を指摘されたこと、そして露骨な表現をされたことで、またぞくぞくとした悦《よろこ》びが背中を駆け上がっていく。

「――知ってるよ。ずっと京佳のこと抱いてきたんだから。誰も知らない京佳のえっちな声も、蕩《とろ》けた顔も、俺だけが知ってる」

強烈な喜悦と独占欲を滲《にじ》ませたまなざしと言葉が、再び私を絶頂へ誘う。

「だめ、それだめだからぁっ……んんっ、ぁああ！」

――お腹《なか》の下の気持ちいいところ、全部、攻められちゃってる……！

抗えない快楽にどうすることもできず、悲しくないのに目が潤《うる》む。

「あぁ、ヤバい、めちゃくちゃかわいいっ……もっとやらしく喘《あえ》いで、そのままイッて」

それが彼にとっての起爆剤になったらしい。秘芽の刺激を続けながら、切っ先を奥の窄《すぼ》まりにぐいぐいと押し付けるような腰づかいに変えていく。

そうすると、弱いところを重点的に擦《こす》られる形になって――

「っああああああ……！」

抱えきれない悦楽が一気に降ってきた感覚だった。ふわりと身体が持ち上がったと思ったら、途方もない快美に撃ち抜かれ、全身に緊張が走る。

きゅうきゅうと膣内の氷上を絞《しぼ》り上《あ》げてしまうのを感じながら、その後、少しずつ身体が弛緩《しかん》していった。

「つはぁっ……あぁ、はぁっ……」

彼の背中に回していた手が解け、左右に落ちる。

——これ、すごい……なにが起きたのかわからなかったくらい……気持ちよかった……

「つあ！」

曇りガラス越しの思考みたいにぼんやり考えていると、つながったまま抱き起こされて、ふわりと身体が浮いた。ちょうど、彼の上に私が乗るような体勢に着地する。

「今夜は京佳のこと、何度でもイかせたい。『もうイけない』って泣きつくくらい」

「待っ、まだ——」

このまま律動を続けるつもりなのだと悟り、慌てて彼を制した。

二回も気をやって体力がすり減っているから、少し休憩がほしい。

「こうすれば、くっつきながら気持ちよくなれるよ」

しかし彼はそれを聞かず、私を抱きしめてキスをする。艶《なま》めかしいリップ音を立て、唇を触れ合わせたり離したりしながら、氷上が薄く唇を開いた。

「舌、出して」

私にそう促《うなが》して、自身も舌を突き出す。それから、舌だけを絡めるキスを交わす。

「はぁっ、んはぁ……んん、ぅっ……」

これがキスなのかどうかはわからない。けど、いつもと違うもどかしさに、氷上を咥《くわ》え込《こ》んだ下肢が収縮する。

「エロいキス、興奮するね？」

「は、恥ずかし……」

幾分頭が回るようになってきた分、また羞《しゅう》恥《ち》心《しん》が顔を覗かせる。彼とセックスするたびに未知の世界を知り、自分が淫蕩《いんとう》になっていっている気がする。

「そう？　なら気にならないくらいイかせればいい？」

氷上はその言葉を聞きつけるなり、下から突き上げを開始した。

「んぁあっ――奥、すごく当たるっ……」

「つぁ……京佳の好きな奥、いっぱい届いてるねっ……腰が、勝手に動いちゃってる」

「言わないでぇっ……あぁ、んぁあっ――」

体勢のせいか自重がかかり、さっきよりも彼を深いところで受け入れられているらしい。弱いところを、容赦なく切っ先で攻め立てられ、私はまた媚《こ》びた声で啼《な》いた。

「んんっ……俺のが、子宮口にいっぱいキスしてるの……わかるでしょ？」

「氷上、ひ、かみっ、ぁあっ」

ひと突きごとに、目の前で星が散る。私は、無我夢中で彼の名前を呼ぶことしかできない。

「こら、名前で呼ぶって約束だろ？」

苦笑した氷上が、突き上げながら耳元でささやき、そのまま耳朶《じだ》を甘噛みする。

「あぁあっ！　ごめ、葵っ……」

別の経路を辿《たど》って別の刺激が送り込まれてくると、その歓喜に身体が打ち震えた。もう思考する余裕なんてなくて、条件反射のように彼の名前を口にする。

「京佳に名前呼ばれるとすごくドキドキする……俺ももうそろそろ、イきたいかな」

「あっあっあっ、んんんっ！」

上ずった声がまたクライマックスへのサインを送ってくる。再びベッド上に押し倒されると、片脚を持ち上げた氷上が、激しく腰を打ち付けてきた。

——あぁそれ、イイところが全部擦《こす》れて、おかしくなるっ……！

「つく……京佳、俺のこと、好きって言って……？」

「あ、はぁっ……好きっ……！」

力強い律動の合間に彼が懇願《こんがん》する。滾《たぎ》る欲望と身体の熱で滴《したた》る汗が、彼の額《ひたい》やこめかみを伝っているのを視界に映しながら、私は叫んだ。

「——葵が好きっ、大好きっ……んんんっ、あぁっもうだめぇっ、気持ちよすぎて、ぁはぁっ！」

絶え間なく溢《あふ》れるこの気持ちを伝えたいのに、攻撃的なほどの悦楽がそれを許さない。

「俺も大好きだよっ……京佳はもう、俺のだからっ……」

はっきりとそう口にしながら、奥をガツガツと抉《えぐ》るように穿《うが》つ氷上。

そして――

「出すよ――んんっ……！」

「私もイくっ、葵と一緒にっ……んんっ、はぁあああっ……！」

彼がひと際強く腰を押し付けたとき、薄い膜越しになにかが弾けた。達したのだと悟った直後、高みに導かれて、頭のなかが真っ白になる。

やがて脱力した彼が私の身体の上に覆《おお》い被《かぶ》さった。

「はぁっ、はぁっ、はぁっ……」

私たちの荒い息が重なる。汗ばむ彼の肌は熱くて、でもやっぱり心地がよかった。

お互いの呼吸が整ってくるころ、彼がずるりと自身を引き抜く。そして、私の唇にキスをひとつ落としてから、装着していた避妊具を処理する。

「っ……？」

それをまじまじと見るでもなく、なんとなく視界に収めていた私は、彼が枕元のふたつ目の避妊具に手を伸ばしたことに気付いてぎょっとする。

――待って、冗談でしょ？

三回もイかされたあとなのに、また……？

私の視線に気づいた氷上は、私を見下ろしながら不敵に笑った。

「今夜は何度でもイかせるって言ったよ。……もっとふたりで気持ちよくなろう、京佳」

――いやいや。そんなの私の身がもたないから！

心のなかで叫んだけど……結局、私は彼が導くまま、手加減なしの恍惚《こうこつ》を味わわされることになるのだった。


「氷上が体力オバケだなんて聞いてない」

「呼び方」

シーツのなかに潜《もぐ》り込《こ》み、となりで横たわる彼に顔だけ向けて言うと、彼がジトッとわたしの目を見て言った。

「……あ、ごめん」

まだ氷上を名前で呼ぶのには慣れない。私は謝ってから、咳払いをひとつして続ける。

「――もとい、葵が体力オバケなんて聞いてないよ」

「悪い、今まで頑張って抑えてたけど、箍《たが》が外れたわ」

片肘をついて頭を支える姿勢をとりながら、彼が苦笑を浮かべる。

「抑えてた？」

「あんまり求めすぎて、慣れてない京佳に嫌われたくなかったから」

今まではそうだった、ということなのだろう。

氷上の言う通り、最初からこんなに体力が有り余っている――俗に言う、絶倫と知っていたら、かなり狼狽《ろうばい》していただろうと思う。

「でもこれからは加減しないから」

「そこは、お手柔らかにお願いします」

私はふるふると首を横に振った。身体を重ねるたびにくたくたになるのかと考えると、先が思いやられる。

「とか言いつつ、気持ちよさそうにしてたくせに」

「……気持ちいいのは、認める」

ぼそぼそと小声で答えたのは、否定できなかったからだ。

「素直でよろしい」

氷上は満足そうに微笑《ほほえ》むと、私の後頭部を引き寄せてキスをする。唇にするだけでは飽き足らず、頬や額《ひたい》、目元にも。じゃれるみたいに。

「やだ、くすぐったい」

「いいじゃん。キスしたいんだから」

最後に唇が鼻先に触れると、氷上が愛《いと》おしそうに私の髪を撫《な》でてくれる。その指先が優しくて、すごく安心した。

――あぁ、好きな人とこんなふうにいちゃいちゃするのって、幸せだなぁ。

この穏やかで心地いい時間がずっと続けばいいのにと、非現実的なことを考える。

「……葵、あのさ。十三日って、やっぱり梨生奈ちゃんと会う？」

この幸福感を失いたくないからこそ、訊《き》きにくいなと思いながら問うた。

「葵がその気がないのはわかってるけど、それでもほかの女の子と会うのって、ちょっといやだなぁとか思ったりして」

私が氷上とお付き合いをする前の約束だから、口出しをする権利はないと思いつつ……彼に気があるのを知っている相手とふたりきりで会うことに、抵抗感を覚えてしまう。

……彼女になったとたん、こんなことを言いだす女は重いのだろうか？

ちょっとドキドキしながら正直な気持ちを打ち明けると、氷上が目を細める。

「もちろん、断りの連絡を入れるつもりだよ。俺としては、もう島さんと会わなきゃいけない理由もないし」

「そっか。……よかった」

彼は、私に対する駆け引きのために梨生奈ちゃんの誘いを受けたんだっけ。きっぱりと断言してくれるのがうれしい。

「安心した？」

「うん」

私だけを見てくれているという意思表示は、なによりも心強い。

しかし――

「……でもなんか、やっぱり不安になってきたかも」

すぐに別の思考が脳裏を過《よぎ》ったため、人差し指を唇に当て、首を捻《ひね》る。

「え？」

「葵ってすごくモテるから、常にいろんな女の子から声がかかるじゃない。そのたびにやきもち妬《や》いてなきゃいけないのって、しんどそう」

昔から見てきているだけに、氷上がどれほど女性からの人気が厚いかよく知っている。彼が独身でいる間は、彼をいいなと思う女性からのアプローチが絶え間なく続くだろう。それを実感したら、常に「彼を取られやしないか」と心配しなければならない。

「不安になる必要なんてないよ。俺は京佳しか興味ないから」

落ち込みかけた私に、氷上は一点の曇りもない目でそう言い切り、なんでもないように微笑《ほほえ》む。

「京佳みたいに、どんなことでもふたりで共有して楽しめる人、ほかにいないし。この先、京佳以上に好きになれる子なんて現れないと思う。京佳だってそうじゃない？」

「確かにそうかも」

氷上のそばにいるだけで、楽しくて満たされた時間を過ごせる。これってすごく贅沢なことだ。

誰しもがそういう相手を見つけられるわけではないのかもしれない。

「……じゃなきゃ、お互い学生時代からの片想い、ここまでこじらせることないもんね」

私は少しだけ自嘲《じちょう》めいた口調で言った。

もう出会えないかもしれない特別な相手だからこそ、大切にしたい、関係を壊したくなかった。

慎重になりすぎるあまり、こんなに時間が経ってしまったわけだ。

「言えてる」

氷上が同調してうなずいたあと、もう一度私の髪を撫《な》でた。そのうちのひと房を手に取って口付ける。

「――だからこの先も、ずっと一緒にいてよ」

「望むところ」

私がふざけた口調で返すと、氷上は――葵は、顔をくしゃっとさせて笑った。

◆　◇　◆

「京佳先輩、聞いてくださいよ〜！」

私が晴れて葵と恋人同士になってから四日後の夕刻。

退勤時刻が過ぎ、津永さんが帰宅したのを見計らって、梨生奈ちゃんが私のデスクにやってきた。

いつも明るい彼女らしからず、気怠《けだる》そうにしている。

「――葵さんとの予定、キャンセルされちゃったんですっ。なんでも、彼女ができたらしくて」

「そ、そうなんだ」

葵が断りの連絡を入れたのは、彼から直接聞いていたけれど、初めて聞いたようなリアクションに努《つと》める。

あらかじめ、葵には私が彼と付き合っているとは梨生奈ちゃんに伝えないように釘を刺していた。

別に隠すようなことではないかもしれないけれど、彼女が葵にアプローチしていた以上、万が一悪感情を持たれたら仕事がやりづらくなると思ったのだ。

「私、絶対諦《あきら》めたくなかったので、『彼女がいるからって会っちゃいけないわけじゃないですよね？』って、けっこう頑張ったんですよっ。ここで粘《ねば》らないと、その彼女とやらに取られちゃうわけじゃないですか。でも『彼女がいるのに他の子とふたりでは会えない』の一点張りで！」

話しているうちに、梨生奈ちゃんのテンションが怒りに傾いていく。これまでそのやり方で、彼女になびかない男性はいなかったからなのかもしれない。

「最終的に彼、なんて言ったと思います？『パートナーは装飾品じゃない。男が全員君の思うがままにできると思わないほうがいいよ』って。めちゃくちゃ失礼じゃないですかっ⁉ もう、すっごくムカついたのでこっちから願い下げです！」

そこまで言い終えると、彼女は腹立たしさを隠さずに大きく息を吐いた。

過去に梨生奈ちゃんから聞いた話から察するに、彼女が激しく憤《いきどお》っているのは、図星を突かれたからなのだと思う。自分の思いを見透《みす》かされたのが悔しかったのだろう。

ぷりぷりしている梨生奈ちゃんだけど、もう一度ため息を吐《つ》くと、がっくりと肩を落とした。

「――あぁ、ムカつくんですけど、でも……やっぱり理想の男だったので本当に惜しいです～。彼に選ばれた女性が羨《うらや》ましくて……昨日は、全然眠れませんでした」

「……そっか、残念だったね」

ぱっちりとメイクが施《ほどこ》された顔をよく見ると、ぷっくりと形作られた涙袋の下に、仄《ほの》かに影ができている。

まさか、相手の彼女が目の前にいるとも思うまい。

梨生奈ちゃんからいろいろ苦言を呈《てい》された私も、できればことを荒立てたくないし、一応失恋の痛手を負っている彼女を傷つけたくない。このまま話題を終わらせるべく、必要最低限の言葉しか発さないよう、注意を払う。

「てわけで、これで先輩も失恋確定なので、一緒に次の恋愛に励《はげ》みましょっ」

「あれ、彼氏とは結局別れちゃったの？」

都合よくお付き合い中の彼の話に移行できそうだったので触れてみると、梨生奈ちゃんはかわいらしい顔を顰《しか》め、なおのこと不機嫌そうに頬を膨らませる。

「ほかの男の人と連絡取ってるのバレちゃって、フラれました！　なにさまのつもりなんですかね、私って、今まで彼氏にフラれたことなかったんですけどっ」

百戦錬磨の彼女にとっては、初めての屈辱といったところか。そのきっかけを作ってしまった身としては、少し彼女に申し訳ない気持ちが湧く。

「最近マッチングアプリのほうはどうです〜？」

「最近は特に……」

話を振られたので、どうごまかそうかと頭をフル回転させていると、デスクに置いていた私のスマホが振動し、消えていた画面が明るくなった。

「メッセージ来たみたいですよ」

気づいた梨生奈ちゃんが、なんとなくの調子でスマホをのぞき込む。

「あっ――」

――しまった、と焦《あせ》る。

今、スマホの待ち受けを見られたら……！

「ええっ!?　なんですかこの待ち受けっ！」

思うが早いか、梨生奈ちゃんはすでにそれを目撃してしまっていた。

「いや、それは、あの……」

目を剥《む》く梨生奈ちゃんに、私はただただうろたえるしかない。

私の待ち受けは、今、葵が撮った写真に設定されている。その写真というのが赤面もので、私の頬に葵がキスしているというポージング。私はさんざん抵抗したけれど、『だってこういう写真にしてれば、変な男が寄り付かないでしょ』なんて、押し通されてしまった。私が他の男性に目を付けられないように、予防線を張りたいらしい。

『むしろ葵のほうが心配だよ』と言ってみたら、『俺も待ち受けにするからさ』と。

そういう問題じゃないんだけど——でも、戸惑いと同じくらい、愛されているという実感もあるので、結局は受け入れてしまった。

待ち受けなんてそれなりに親しい間柄の人物にしか覗かれないし、まぁ大丈夫か……と気楽に構えていたけど、こういう事態があるのを考慮していなかった。完全に、私のミスだ。

「まさか、葵さんの彼女って先輩なんですか!?」

もちろん、これほどわかりやすい物証があれば、真相に辿《たど》り着《つ》かれてしまうわけで。

「ご、ごめん……実は、いろいろあって、そういうことに」

驚愕《きょうがく》に満ちた彼女の表情を見つめながら、私はもごもごして答える。

……どう振る舞うのが正解なのだろう。梨生奈ちゃんは唯一の同僚だし、異性に対する考え方が決定的に違うだけで、敵対したいわけでもないし……

「――ってわけだからごめんっ、先に帰るねっ。また明日っ！」

対応を考えあぐねた結果、判断できかねたので持ち帰ることにして、早々と退散しようと決めた。

私は素早く席を立つと、梨生奈ちゃんに両手を合わせたあと、踵《きびす》を返す。

「ちょ、ちょっと待ってくださいよー！　京佳先輩ー!?」

納得いっていなそうな彼女を背に、私はバタバタとオフィスをあとにした。

「おかげでえらい目に遭《あ》ったよ……明日からどうしよう。ほとんどふたりきりの職場なのに」

今日も今日とて、葵の部屋に泊まりに来た私。

すっかり定番化したアジアン系ダイニングの一席でビールを片手に、ナシゴレンでしっかりと空腹を満たしながら、先刻の出来事に思いを馳《は》せ、葵に愚痴《ぐち》をこぼす。私は悩みがあっても食欲が消えないタイプだ。

「だからあの待ち受け、やめようって言ったのに」

「京佳だって本気ではいやがらなかったくせに」

正面に座る葵がほんの少しだけ面白くなさそうに言った。

「う……」

そこを突かれると弱い。

この待ち受けによろこびを感じてしまっている私は、彼とともにすっかりバカップルになっているのかもしれない。

「……とは言っても、仕事しにくくなるのは困るよな。うーん……そしたら同僚を紹介してみるか」

それでも多少なりとも責任は感じてくれているのか、葵がありがたい提案をしてくれる。

「え、よさそうな人いるの？」

「『とにかくかわいい子が好み。ほかはなにも気にならない』っていうヤツがひとり。ＣＡが『カッコいい』って騒いでるのよく聞くし、利害は一致するだろ。相性よさそうだなと思って」

「パイロットってことだよね？　梨生奈ちゃん、多分よろこんでくれると思う」

彼女はとにかく、見た目とステータスが整っている人が好きだと豪語していたし、切り替えもとても早いタイプと見える。条件にさえ当てはまっていれば、きっと気に入ってくれるだろう。

「京佳が間に入ってくれると助かる。俺、多分もう口利いてもらえないから」

葵は彼女とのやりとりを思い返したのか、眉を下げて笑っている。彼女が教えてくれた以上に、なにか辛辣《しんらつ》な言葉を放ったのだろうか。

争いを好まない彼らしくない気もするけれど、意味なくそういった行動を取る人間ではないことは十分にわかっているから、おそらく、葵なりに思うところがあったのだ。

「わかった」

私はこくんとうなずく。

葵に言ってみてよかった。明日、さっそく梨生奈ちゃんに話してみよう。

「で、そっちの問題は解決しそうだし、今日はなにしたい？」

ビールをおいしそうにひと口飲んだあと、それまでより明るいトーンで葵が話題を変える。

「そうだなぁ……あ、ずっとＰＲ動画流れてた例のドラマ、昨日配信になったみたいだよ。それ見る？」

例のドラマとは、かねてより注目していた、動画配信サイト完全オリジナルのサイコスリラー作品のこと。ジャンル的には私たちの守備範囲ではないのだけど、短いＰＲ動画のなかだけでも思わずゾクッとするシーンが満載で、『配信されたら観てみようね』と言い合っていたのだ。

「いいね。なら、サクッと食べて早めに帰るか」

「うん、そうしよ」

今夜の楽しみがもうひとつ増えた。言わずもがな、彼と一緒の時間を過ごせることが、毎度なによりの楽しみであることは変わらない。

「部屋でなら、もっと近くに座れるしな」

「今だって十分近いよ」

上体を乗り出してささやくように言う葵に、私は突っ込む。すると、彼の瞳がじっと私を見つめ、優しく細められる。

「京佳のとなりがいいってこと」

「……もう」

私は恥ずかしさをごまかすように笑った。

彼氏になった葵は、ただの男友達だったころとは違って、こうして甘い雰囲気を出してくることが増えた。まっすぐすぎる愛情表現はくすぐったいけれど、やっぱり純粋にうれしい。

もう十分彼のことは知り尽くしていたと思っていたのに、まだまだ私の知らない葵がいるのだろう。恋人として過ごすなかで、たくさん知っていけたらいい。

近いところで言えば、もう明日に迫っているバレンタイン。お付き合いを始めたからには、ちゃんと本命を渡したいと考えている。

葵とは何度も食事や飲みに行っているけど、そういう場でスイーツをチョイスすることがないから、どういうチョコを選んだらいいのかわからなかったりする。苦手だとかきらいだというイメージはないにしても、甘いミルクチョコと苦めのビターチョコ、どちらのほうが好みなのかは訊《き》かなければわからない。……帰ったら確かめて、明日、一緒に選びに行こう。

——こういうことを積み重ねて、恋人同士としての仲を深めていくんだろうな。

長い長い時間をかけてやっと結ばれた最愛の人。私はこれから先も、彼との幸せな日々が続くことを、願ってやまないのだった。

番外編　極上パイロットの独占愛に翻弄《ほんろう》されています

「氷上の無事を祝って、かんぱーい」

春に向かって少しずつ気温が上昇し始めている、三月上旬の土曜日。

私と葵、そして鈴村と田所の四人は、おなじみの居酒屋の個室で飲み会をしていた。

発起人は鈴村。件のハイジャック騒ぎのあと、改めてゆっくり飲もうと提案してくれて、私たちは迷わずそれに乗っかった形だ。

「いや～ＳＮＳで一報が出たときは焦《あせ》ったよ」

「ふたりにもだいぶ心配かけたって、熊谷からも聞いた。悪かったな」

大好きなハイボールを片手に鈴村がやや声を張ると、葵が彼と、そのとなりにいる田所に視線を向けながら申し訳なそうな顔をする。

「本当だよ。生きた心地しなくて、グループ通話のボタンを押さずにはいられなかったわ」

「でもお前、途中で寝落ちたろ。俺たちはちゃんと起きてたもんな？」

「うんうん」

田所がもっとらしく言ったのを、鈴村がすかさず突っ込みつつ私に問うた。私は深いうなずきを返す。

「っ！　あ、いや……！」

「へぇ、田所ってそんな薄情な奴だったんだ」

「で、でも！　心配したのはマジのガチだから！」

慌てる田所に噴き出した葵が揶揄《やゆ》する。と、ますます田所の口調が忙しくなったので、私たちはみんなで笑った。

「わかってる、ありがとな。……もちろん、ふたりも」

葵が不意に真面目なトーンでお礼を言い、私と鈴村にも視線をくれながら続ける。

「今日もみんな忙しいのに、集まってくれてうれしいよ」

「マレーシア土産、楽しみにしてたから」

「めっちゃうまそう。サンキュー」

鈴村と田所は、座席の傍《かたわ》らに置いた小さな紙袋を掲げて見せた。そのなかには、私も先月のうちにもらった、お土産のチョコレートが入っている。

「――で、せっかくだから今日、みんなに伝えたいことがあって」

彼らが再び紙袋を寄せたところを見計らって、葵が切り出した。

彼は、真横に座る私をちらりと見つめて合図を出す。私はまぶたを伏せて返事の代わりにした。

今夜のこの会で、私と葵は大事な告白をしようと決めていた。

それはもちろん、私と氷上がお付き合いを始めた、ということ。

グループのなかでの恋愛っていうのは難しい。それまでのグループ内の雰囲気を壊しかねないし、他のふたりに気を遣わせてしまうかもしれない。

だから一度は、しばらく黙っていようかと考えたのだけど、やっぱり十年来の友人たちにうそをつくのもどうなのか……と悩み、伝えるべきという流れになったのだ。

「俺がちゃんと言うよ」と葵が言ってくれたので、私はそばにいるだけだが……それでもやっぱり緊張する。

以前、ふたりは話の流れで私たちに「付き合っちゃえば？」なんて促《うなが》してきたわけだから、すんなりと受け入れてくれる可能性は高い。

けれど、いざそれが現実となったら、気まずい、やりにくい、と思われる場合もなきにしもあらずだ。

四人で会っているときは楽しいし、今後も変わらず付き合っていきたい。私も葵もそう思っているからこそ、伝えるべきことはきちんと伝えておかなくてはならない。

「あ、悪い。実はオレもあるんだけど、先いい？」

緊張しているのか、葵は手元のビールで唇を湿《しめ》らせている。その隙に、田所がふと思い出したかのように訊《たず》ねた。

「……？　ああ、どうぞ」

出鼻をくじかれた感はあるけれど、私たちの話は長引くことも考えられる。先に田所の話を聞いてからのほうがいいのかもしれない。

葵も私と同じ考えに至ったのか、不思議そうに首を傾《かし》げつつ、素直にうなずいた。

田所は「ありがと」と短くお礼の言葉を口にしてから、ちょっと照れくさそうに俯《うつむ》いた。

「オレさ、好きな人ができたんだ」

「マジか」

「またいい感じの子ができたんだ」

「で、誰？」

驚く鈴村。よろこぶ私。話の先を促《うなが》す葵。

三者三様のリアクションを受け止めた田所が、「まあまあ」と両手を軽く前に突き出し、宥《なだ》めるようなしぐさをする。

「順を追って話すから待てって……例の、氷上の飛行機がハイジャックされたかもって情報が出たときさ、俺ら三人で話したじゃん。それがもし本当だったら、乗員乗客は助からないかも。そんな会話をしたよな」

私は田所の話に耳を傾けつつ、静かにうなずいた。

あの夜のことを思い出すと、未だに胸が痛む。

結局のところ飛行機・乗員乗客ともに無事でよかったけれど、今後もそういったことが起こらないとも限らない。氷上がパイロットであり続ける限り、仕方がないことなのだけど。

「そのときさ、珍しく熊谷がすっげー取り乱してたじゃん。『落ち着いていられるわけないよ』って、めちゃくちゃ不安そうでさ……姿が見えないのに、震えてる様子が目に浮かんで」

「や、やめてよ、恥ずかしい」

その話を葵の前でされるのは、どうにも決まり悪い。

ついつい葵の様子を窺《うかが》うと、彼の視線とかち合った。

なにかものを言いたげな、意地悪げな目線だ。まるで「そんなに心配してくれてたんだ」とでも言いたげな。

……しかし田所は、なぜ今さらあのときのことを掘り返してくるのだろう？

疑問に思っていると、彼は照れたような笑みをこぼして、さらに続ける。

「普段はサバサバしてる熊谷の、そういう女子っぽいところを見たら……なんかこう、急に守ってやりたいっていうか、かわいいって思っちゃってさ。一日に一度は熊谷のこと思い出すようになって」

……なんだか妙な空気だ。

この流れはもしかして——そんな予感がうっすらと過《よぎ》った次の瞬間、田所が衝撃的な台詞《せりふ》を口にした。

「オレ、多分熊谷のこと好きなんだと思う」

思ってもみないことを宣言されると、人は呆然としてしまうらしい。

唐突な告白を聞いた私はショックのあまり、口がきけなくなってしまった。

多分、葵や鈴村も同じだったのだろう。それを裏付けるみたいに、彼らも一言も口を挟まない。

この飲み会が開始してから初めての静寂。それを破ったのは田所自身だ。

「今まで一緒にいすぎて意識してなかったけど、ノリいいし気取らないし友達思いだし。めちゃくちゃいいヤツじゃんって気付いたんだ。熊谷って今彼氏いなかったよな？　なら俺と付き合って――」

「待って待って待って」

田所はだんだんと捲《まく》し立《た》てる口調になっていく。「付き合って」と決定的なフレーズが放たれ、私は金縛りから解けたみたいに両手をぶんぶんと振り、強く彼を制した。

「田所、ちょっと落ち着いてよ。急にそんなこと言われても困るよ」

「なんで？」

「なんでって……それは」

きょとんとした顔で首を傾《かし》げる田所。

私は彼に気付かれないよう、一瞬だけとなりの葵に視線を向けた。

私には葵という大好きな彼氏がいる。葵以外とお付き合いするなんて、今は考えられない。

でもそれをそのまま田所に伝えるべきではない気がした。

葵が「俺の口から伝える」と言ってくれたのだから、彼に発言してもらうべきなのだ。

「私、田所のことをそういうふうに見たことないもん。ただただ、びっくりしてる」

申し訳ないけど、私がこの場でできるのは、期待を持たせないようにスパッと田所を振ることだけだ。

「まぁそうだよな。十年近く友達やってるわけだし。戸惑うよな。だからオレのこと、ゆっくりでいいから男として見てくれよ」

「……そう言われても」

我ながらストレートすぎるくらいの切れ味で断ったつもりだったのに、田所はめげない。

私の戸惑いに理解を示しつつも、まったく諦《あきら》めるつもりはないようで、なおさら困惑してしまう。

「悪い話じゃないじゃん、熊谷。ふたりともフリーなんだろ。なら、お試しで付き合っちゃえば」

「えっ⁉」

いかにも飲み会の軽いノリであっけらかんと言う鈴村に、私は目を剥《む》いた。

以前、同じような状況になったことが頭を過《よぎ》ったけれど、そのときは相手が葵だったから、驚きのなかにも胸が弾むドキドキ感やよろこばしさがあった。

――やめてよ鈴村、なにを言い出すの？

「付き合うとかはまだ早いだろ。熊谷の気持ちもあるんだし」

すると、それまで様子を見守っていた葵が口を開いた。

「氷上は反対なわけ？　オレと熊谷が付き合うの」

田所が不思議そうに訊《たず》ねるところを見ると、私と葵の関係に勘付いていないようだ。すぐに、

「あぁ」と小さく叫びながらにんまりと笑みを浮かべる。

「――わかった。熊谷に彼氏ができたら、これまでみたいに一緒に出かけづらいって思ってるんだろ」

言い当てたとばかりの口調のまま、田所は深くうなずき、腕を組む。

「まぁ、オレは意外と嫉妬《しっと》深かったりするから、お前らがふたりで会うのは正直面白くない。でも意外と寛大なところもあったりするんだ。氷上のことはめちゃ信頼してるし、どうしてもふたりきりで遊びたいっていうなら、納得しようとは思ってる」

「ちょっと、付き合う前提で話進めないでよっ」

このまま話が進んでしまいそうな勢いにブレーキをかけると、田所は私を宥《なだ》めるように片手を突き出した。

「怒るな熊谷。そういう、むくれた顔も嫌いじゃないけどな」

「なっ……！」

これまでにはなかった切り返しに絶句しているうちに、もはや制御の利かなくなった田所は「とにかく」と強い語調で続けた。

「オレはけっこうマジだよ。だから今度デートしよ、デート。『田所カッコいい！』って感激するようなデートプラン、考えてくるからさ」

「だから、さっきから言ってるけど、私は」

「まあまあ、熊谷。ここまで言ってるんだし、一回くらいは誘われてやってもいいんじゃないか？無理なら無理で、そのとき断ればいいじゃん」

一貫してノーサンキューだと伝えているつもりなのに、田所には届かない。

もう少しはっきり示すべきかと声を張ったところで、鈴村が田所に加勢した。

「そうだよ。一回くらいチャンスくれよ。オレ、そのチャンスを絶対にモノにしてみせるから」

こうなってしまっては、さすがに葵との関係を明かすしかない。

そう思って、視線で葵に訴えてみるけれど……彼は渋い顔をして首を横に振るだけだ。

――え、この状況で言わないの？　なんで？

彼の反応が不可解で無言になってしまうと、田所はそれをＯＫの意味として受け取ったらしい。

「じゃ、改めて誘うから。楽しみに待っててくれよな」

……と、至極うれしそうな笑みをこちらへ向ける。

私は、曖昧《あいまい》に笑って応えることしかできなかった。


幸い、そのあとは普段の楽しい飲み会の雰囲気に戻り、田所の態度もいつも通りだったから、気まずさはなかった。

居酒屋の最寄り駅でみんなと別れたあと、私は少しだけ近くのコンビニで時間を潰してから、葵のマンションを訪ねるため電車に乗る。

本当は彼と一緒に帰れればよかったのだけど、私以外の三人は自宅までの路線が同じなので、そういうわけにもいかず……駅の改札で待っていてくれた葵と合流し、勝手知ったる彼のマンションに向かった。

その道を歩く間、私たちは言葉少なだった。

原因が田所の告白であることは明らかだったけれど、不自然なくらいにお互いその話題には触れずに、代わる代わるシャワーを浴びた。

最近、ふたりしてハマったロックバンドのMVをテレビで流しつつ、ルームウェアに着替えた私たちはリビングのソファでスマホをぽちぽちと操作する。

駅からほんのりと漂《ただよ》っている気まずさを紛《まぎ》らわせるには、なにか別のものに意識を傾ける必要があった。

「……京佳、なに怒ってんだよ」

そこはかとない緊張感に音を上げた葵が、スマホから顔を上げて訊《たず》ねる。

私もスマホを傍《かたわ》らに置いて操作をやめ、彼のほうを向いた。

「怒ってないよ。腹立ってるだけ」

「同じことだろ」

微《かす》かに笑いながら葵が突っ込む。

同じことなのはわかってる。ただ単に、葵を困らせたかっただけだ。

「意味わかんないよ。どうしてあの場で私たちのこと、打ち明けなかったの？」

「あの状況じゃ言いづらかったろ」

「むしろあの状況だから言うしかなかったと思うけど。私と、葵が付き合ってるって」

考えようによっては、いっそベストなタイミングだったのではないだろうか。

葵と付き合い始めたから、田所とは付き合えない——これ以上ない、まっとうな理由だ。

「わかってるけど」

「わかってないよ」

「そりゃ、あの場で俺たちのことを宣言できればよかったけど……それとは別に、田所の気持ちとかもあるだろ」

葵が眉を顰《ひそ》め、言いづらそうにつぶやく。

実直で友達思いの彼のことだから、勇気が出ないとか、面倒になるのがいやだとか、そういう理由ではないのはわかっている。

田所がせっかく失恋から立ち直り前向きになったところに水を差すのは気が引けただろうし、好きな女性が仲間内の別の男性と交際していると知ったときの彼の心情を慮《おもんぱか》ったのだろう。

それはもちろん、わかるけど――

「でも、あの場で期待を持たせるような感じになっちゃったから、きっと田所からデートに誘われると思う。葵はそれでいいの？」

チャンスがほしいと、田所は熱弁していた。あの口調から察するに近々彼からのお誘いを受けることになるだろう。

「まさか行くつもりじゃないよな？」

「鈴村にああ言われた手前、一回くらいは付き合わないといけない空気になってるでしょ」

葵は目を瞠《みは》っていた。私が拒否するに違いないと確信していたような態度だけど、今夜のあの感じでは特別な理由でもない限り断るのは厳しそうだ。

「葵は平気なの？　私が他の男の人とデートしても」

私は葵の黒い瞳をじっと見つめて訊《たず》ねる。

田所は私にとって大切な友人のひとりなので、たった一度のデートならば付き合ってあげたい気持ちはある。それで田所の諦《あきら》めがつくのであれば、むしろそのほうがいいのかも、とさえ思っているくらいだ。

でも、葵はそれでいいのだろうか？

自分の彼女が友人とデートするなんて……不安や抵抗感はないのだろうか？

「平気なわけないだろ」

すると、葵がちょっと怖い顔で小さくつぶやく。

「やっと好きな女に振り向いてもらえたんだ、他の男になんて渡したくない。京佳は俺の彼女だ。それが田所のためであっても、デートなんてしてほしくない」

実直すぎるくらいの嫉妬《しっと》の言葉は、私の胸を甘く貫《つらぬ》いた。

彼の真摯《しんし》な想いが伝わってきてドキドキする一方で――数時間前から抱えていたモヤモヤが頭を擡《もた》げる。

「……なら、あのときそう言ってくれたらよかったのに」

なるべく冷静であろうと思う気持ちとは裏腹に、詰《なじ》るような口調で私が続ける。

「葵からふたりに伝えるって言ってたから、私からは話しちゃいけないのかなと思った。だからあの場ではきっぱり断れなかったんだよ」

責めたくないのに責めてしまうのは、やはりあの場で宣言してほしかったからなのだろう。

葵が『付き合っている』とひと言告げてくれていたなら、こんなややこしくはなっていなかったはずなのだ。こうして、私と葵が口論になることも。

私はさらにヒートアップする。

「もし田所に誘われたら、デートするしかないんじゃないかな。そりゃあ、『絶対行かない！』って言い張ることもできるのかもしれないけど、断る正当な理由がないんだもん。私だってこれからも四人で仲良くしたいし、なら一度くらいは折れるべきでしょ？」

葵は私の言葉を噛み締めるようにひとつうなずいたあと、黙り込んでしまった。

彼の口から打開策を聞きたかった私は、それが難しいことを察知する。口のなかに苦い味が広がったような錯覚がして、静かに立ち上がった。

「……もういい。先に寝るね」

私は葵の反応を見届けることなく、早足で彼の寝室に向かった。

この部屋に泊まるとき、いつも寝るタイミングは揃《そろ》えているから、こんなふうに別行動を取るのは珍しい。だから彼も、私のひとりになりたいという意思を汲《く》み取《と》っているはずだ。

寝室の明かりを点け大きなベッドに腰を下ろすと、扉側に背を向けて横向きに寝転ぶ。脆弱《ぜいじゃく》なバリケードを張ったような心持ちで身を固くして、ぎゅっと目を閉じた。

時間が経って、だんだん冷静さを取り戻してくると、ちょっと言いすぎてしまったかも——と自省の念が湧く。

——あぁ、なんであういう言い方しちゃったかな……

葵にも葵なりの考えがあって、あの場では真実を伝えないと判断したのはわかっていたのに……

自分の思い通りにならなかったからって責めるなんて、子どもっぽかったのかも。

葵が悪いわけじゃないのに、彼に強く当たるのは間違っている。

でも、私と田所がデートするのを仕方ないと黙認された気持ちになって、ちょっと寂しかったというか……

感情の整理をつけていると、廊下から足音が聞こえた。寝室の扉が開き、足音が室内に入り込んでくる。

「京佳」

呼びかけられ、葵がベッドに座るのがわかった。

「……いやな気持ちにさせてごめん」

なんと答えていいかわからなくて寝たふりをしていると、申し訳なそうな声が降ってくる。

「いちばん考えなきゃいけないのは京佳の気持ちだったのに……優先順位を間違えた。本当にごめん」

真剣でいて優しい声を聞くうちに、私の心にくっついていた細かな棘《とげ》がぽろぽろと抜けていく。

「俺、田所にちゃんと言うよ。京佳と付き合い始めたこと」

「……本当？」

ようやく身体を起こし、彼のほうを向く。

葵は片脚の膝《ひざ》をマットに乗せて、こちらを振り返るような形で私を見下ろしていた。

私の問いに、彼はしっかりとうなずく。

「そうすれば、デートの誘いに応じなくて済むだろ。最初から、あれこれ考えずにこうすればよかった」

そう言う葵の表情は心なしかすっきりとしていた。決して私の機嫌を取るためだったり、嫌々従っていたりするわけではないことが伝わってくる。

「……ううん。葵が田所を傷つけないようにって考えて、決心がつかなかったの……なんとなくわかってるから。私こそごめん。それなのに、勝手にイライラしちゃってた」

私たち四人はいわゆる親友と呼べる関係だけど、田所にとって私は異性で葵は同性だ。立場によって考え方や配慮の形が違うのは仕方がないこと。それがわかっているのに、勝手にイラついてしまった私も悪いのだ。私は「だって」と言いながら続ける。

「――私、葵が私を好きだって言ってくれたあとでも、梨生奈ちゃんとふたりきりで会われるのがいやだったから、会わないでほしいっていう話したじゃない？　葵はそうじゃないのかと思ったら、それが寂しくて」

ついひと月ほど前のことを思い出す。大好きな人が自分以外の異性とデートをするのは、どうしても抵抗があった。だから今の葵もあのときの私と同じ気持ちでいてほしい、と願ってしまった。

葵はふっと柔らかい表情で笑ってから、ゆっくりと首を横に振る。

「さっきも言ったけど……たとえ相手が田所でも、いやなものはいやだよ。京佳を信用してないわけじゃないけど……ほかの男とふたりで一緒にいるっていうだけで、すごく妬《や》ける。京佳の横にいていいのは俺だけだろ？」

優しく言い聞かせるような台詞《せりふ》は、私の期待より遥《はる》かに独占欲に満ちていた。

葵はこの整った容姿を持ちながら、昔から超が付くほど誠実だ。照れたりごまかしたりせず、こうやってまっすぐな言葉で伝えてくれるのがうれしい。

「だからそうならないように、ちゃんと話す。近々田所を誘って、ふたりで話してくるよ」

「ありがたいけど、大丈夫……？」

早めに働きかけたほうがいいとは思っていたけど、葵ひとりにすべてを受け止めさせるのは申し訳ない。

私が訊《たず》ねると、葵は心配するなとばかりに目を細める。

「アイツもいいヤツだから、きっとわかってくれるって信じてるよ。……仮にわかってもらえなかったとしても、このまま京佳と田所がデートするのを見送るほうが、俺にはつらいし」

「葵……」

「今度こそ俺に任せて。もう京佳に不安な思いはさせない」

「……うん。ありがとう」

葵が私の肩を優しくぽんと叩いた。彼の体温が心地よく、こわばっていた心が解けていくようだ。

私たちは見つめ合いながら、お互いにふっと笑う。

「京佳、キスしていい？」

葵はなぜか大真面目な顔で改めてそう訊《たず》ねてきた。

「な……なんで？　いつも訊《き》かないくせに」

「不安にさせたあとだから、一応許可を取ろうかと」

「なにそれ」

冗談っぽい返答に、思わず噴き出す。

今まで彼からのスキンシップをいやがったことなんて一度もないのだし、確認する必要なんてないのに。

「……キスして、葵」

自分からゴーサインを出すのはちょっと緊張する。微《かす》かに声が上ずるのを感じながら、私は座ったまま背筋を伸ばして、キスをせがむみたいに目を閉じた。

ほんの少しの間のあと、柔らかな唇が重なる。葵はやわやわと感触を確かめるように私の唇を食《は》み、そっと舌を割り込ませた。舌先を遊ばせ、私のそれと擦り合わせながら上下に動かす。その所作に、頭の奥のほうがじわりと熱を持ち始める。

温かく、蕩《とろ》けるような感覚が全身に伝播《でんぱ》していきそうな予感を覚えていると、葵の唇がそっと離れた。

彼は私の身体を跨《また》いで馬乗りになると、ルームウェアの襟ぐりから覗く首筋や鎖骨に顔を埋め、口付けを落とす。

「っ、ちょっと待って」

じゃれるような所作ではなく、完全にそういうモードに入っていることに気付いた私は、抗うように情けない声を出した。

当然ながら、求められるのはまったくいやじゃないのだ。けれど、真面目な話の直後だったから、心の準備ができていない。

「無理。今のでスイッチ入った」

上着の裾《すそ》から片手を差し込まれ、胸元をまさぐられる。ルームウェアが厚手で透ける心配がないことから、ブラは身に着けていない。つまり、遮《さえぎ》るもののないその場所を、直接、揉《も》みしだかれている状態だ。

「触りやすくて助かる」

「んっ……ぁ、ああっ……」

柔らかな膨らみを捏《こ》ねられたり、頂《いただき》を指先で転がされたりすると、否応《いやおう》なしに媚《こ》びた声がこぼれてしまう。私はつい口元を押さえた。

彼と触れ合うようになってずいぶん経つけれど、だからといって羞恥心《しゅうちしん》が消え去るわけではない。むしろ、以前よりもより親密な間柄になったぶん、余計に気恥ずかしいとさえ感じているくらいだ。

「そんなかわいい声聞かされたら、ますますほしくなる」

「ぁんっ、だめぇっ……！」

より淫《みだ》らな声を引き出そうとするように、葵が私の左耳にキスを落として、耳朶《じだ》を舐《な》め上《あ》げ、甘噛みする。

腰が浮いてしまいそうな刺激に、私は小さく叫んで抗おうとするけれど、逆にさらなる愛撫の呼び水になった。

舐《な》めて、吸って、歯を立てられて……じっくりと彼にかわいがられたあと、ようやく解放される。

「——好きだよ、京佳。京佳を抱きたい」

昂《たか》ぶりによって潤《うる》んだ瞳で彼を見つめると、いたずらっぽく私を見下ろす彼の輪郭《りんかく》がぼやけて見える。

「……私、も……葵を、感じたい」

葵の愛情を感じながら、彼の愛撫《あいぶ》に溺《おぼ》れたい。

どちらからともなくもう一度口付けを交わしたあと、私たちは蜜より甘い夜に身を委《ゆだ》ねていったのだった。

◆◇◆

真実を話すと決めてからの葵の行動は素早く、次の週末には田所との約束を取り付け、私たちの関係を打ち明けてくれた。

葵曰《いわ》く「最初は驚いてたけど、話の終わりには『じゃあ邪魔はできないよな』って笑ってくれたよ」と。

田所は私と葵の仲を許してくれたみたいだ。

それから「鈴村だけが何も知らないのも不公平だよな」という田所の提案で、私たちはそのさらに翌週の週末、再び例の居酒屋に集まることになった。

会の開始早々、葵と私が交際中であることを告げると、鈴村は「えっ」と小さく叫んでからしばらくぽかんとしていた。でもすぐに、「よかったじゃん」と祝福してくれたのでホッとする。

「でもさ、実はもしかしたらそうじゃないかと思ってたんだよ、オレは！」

今日も田所はピッチが早かった。入店から三十分も経っていないのに三杯目のビールをぐびぐびと飲み干してから、となりの鈴村と肩を組んでいる。

「田所は気付いてたのか？　俺は全然だったわ……」

まだ一杯目のハイボールを飲み切っていない鈴村は、やんわりと田所の腕を解き、「ショックだ」とばかり頭を抱えるジェスチャーをした。

「この間の飲み会でもさ、氷上が迷わず熊谷の横キープしてたしさ、ふたりで何回かアイコンタクト取ってたのも見えたし。好きな女に対しては、そういう勘が働いてもおかしくないっしょ」

私と葵はビールを片手に思わず顔を見合わせる。

私たち自身はちっとも意識していなかった行動だけれど、傍《はた》から見れば疑わしく見えるものなのか、と妙に感心した。

「――あっ、でも誤解すんなよ!?　オレはもう熊谷のことは吹っ切ってるから！　全然、まったく、お気遣いなく！」

田所は少し慌てた口調でフォローを挟むと、ビールのジョッキをテーブルに置き、両手でバッテンを作る。直後、私たちの顔を交互に見ながら、人差し指で軽く突くみたいに指し示す。

「お前らふたりずーっと仲良かったじゃん。だからむしろ、上手くいってよかったとさえ思ってるよ。自分が失恋しといて、妙な感情だけどさ」

「……ありがとね、田所。気持ちは本当に、うれしかったよ」

異性としての好意を向けられたのは正直なところかなり意外だったけれど、大事に思ってくれる気持ちそのものはとてもありがたい。

私が茶化すことなくお礼を言うと、田所が底抜けに明るくニカッと笑う。

「やめろよ、礼なんて。……だからこれからも友達でいてくれよ？」

「当たり前でしょ」

私の立場では言いにくかったから、敢《あ》えて彼のほうから言葉にしてくれたのがうれしい。

即答すると、田所は満足そうに目を細め、再びビールジョッキを手に取って、おいしそうに中身を飲み下していく。

「しかし、いつも失恋するときはグダグダなお前が、やけにすっぱり身を引くじゃん」

そのやりとりを見ていた鈴村が、からかうように言う。

「……ま、オレはまだ熊谷に対して『めっちゃ好き！』ってとこまでは行ってなかったんだろうな。もちろん付き合いたいって気持ちはあったけど、なんつーか、まだできたばっかりの気持ちで、これから育てていこうかなってとこだったから」

「それはそうだろうな」

葵が田所の言葉に深くうなずくと、田所は不思議そうに眉を上げた。

「なんでそんな自信たっぷりなんだよ」

「俺は田所の言葉、ちゃんと覚えてるから」

「言葉って？」

「直近の飲み会で、田所が俺たちの前で言った言葉」

田所が私に突然告白をしてきた、あの飲み会のことだ。

どういう意味だろうと、私たち三人は涼しげな葵の顔をじっと見つめて、続きを待つ。

「『多分熊谷のこと好きなんだと思う』、『一日に一度は熊谷のこと思い出すようになって』……だっけ？」

「それがなんだよ？」

「悪いけど、俺は高校時代から今まで、熊谷のことしか目に入ってない。『好きなんだと思う』なんてあやふやな感情じゃなくしっかり『好き』だっていう自覚があるし、一日に一度どころじゃなく、頭の片隅にいつもいるような状況だった。田所とは、想いの重さも、年季も違う」

すらすらと読み上げるみたいな葵の台詞《せりふ》に、一瞬、時が止まった。

首から上がかぁっと熱くなっていくのがわかる。

「……氷上、お前けっこうすごいこと言ってんな」

「珍しく酔ってんの？」

内容的にはのろけ話だ。しかし、あまりにも葵のテンションが普段通りだったために、ふたりの突っ込みもややや遠慮がちだ。

鈴村に至っては、急に語り出した葵に酔いが回っているのでは、と心配し始める。けれど、当の本人は冷静な様子で首を横に振った。

「酔ってないよ。軽い気持ちじゃないってことは伝えておこうと思って」

「でも氷上ってモテるじゃん。本当に目移りしなかったわけ？　高校卒業したあとも？」

「してない」

「即答かよ。そんなに夢中だったわけだ」

鈴村の問いに、間髪《かんはつ》を容《い》れずにうなずく葵。その姿を見て、ほかのふたりが目を瞠《みは》る。

「俺にとって京佳はかわいいと思う異性でもあるけど、気の合う大事な友人でもあるんだ。そんなふうに思えるのは京佳だけ。……京佳もそう思うだろ？」

「っ⁉」

葵が鈴村や田所の前で「かわいい」なんて言葉を口にしたのも、いかにも恋人同士であることを強調するようにくり返し下の名前で呼んだのも、私にとっては驚きだ。

そしてそれは、残りのふたりにとっても――

「京佳、だって」

「すげ～、なんか、カップルって感じ！」

鈴村と田所が楽しそうに盛り上がっているのを見ながら、私はますます面映《おもは》ゆくなる。

もう十年以上もお互いを名字で呼び合っていた私と葵だ。ふたりは、急に親密そうな呼称を聞いたことで、やはり付き合っているのだと感じたのだろう。

「ちょ、ちょっと氷上っ……」

「もうカミングアウトしたんだし、いいだろ」

彼らに報告を済ませたとはいえ、ふたりのときの呼び名で呼ばれるのは恥ずかしい。慌てて取《と》り繕《つくろ》おうとするのを、葵に制される。

彼の言う通り、打ち明けた以上は自然体でいればいいのかもしれないけど……でも、仲がよすぎるがゆえの羞恥心《しゅうちしん》は簡単には拭《ぬぐ》えない。

「てことは、熊谷も『葵』って呼んでるわけ？」

「まあ、そうだな」

私が固まっている間に、田所が葵に訊《たず》ねた。それから、葵がちょっといじわるな目で私を見つめる。

「――ほら、呼んでよ、いつも通りに」

「え、なんでっ…⁉」

「いいじゃん、聞きたいな。普段通りの呼び方」

「そうだよ。やっぱ友人としては気になるだろ。オレたちのいないところでどういう感じなのか、とか」

「なにそれ、そんなのおかしいでしょっ？」

オロオロしていると、鈴村と田所が愉快そうに煽《あお》ってくる。

いつの間にやら三対一の構図になっていて焦《あせ》る。なぜか三人は、私が葵の名前を呼ぶことを期待しているようだ。

ただ名前を呼ぶだけだとわかっているのに、これだけ期待を込められた瞳を向けられると羞恥心《しゅうちしん》が増して抵抗感が大きくなる。

……うう、でもこれは呼ばないと終わらない空気だよね……？

私は腹をくくって口を開いた。

「呼べばいいんでしょ――っ、あ……葵っ……」

緊張していたためか、想定よりもずっと小さい声になってしまったことに自分でも驚く。

――なにこれっ、恥ずかしすぎるんですけどっ……？

おそらく真っ赤になっているであろう顔を両手で覆っていると、目の前で田所と鈴村が顔を見合わせて、楽しそうにうなずき合う。

「うわーなんか初々《ういうい》しくてよかった〜。久々にときめいたわ」

「いや、本当それ。下手な恋愛ドラマ見るよりもずっとドキドキしたよな」

……人が死ぬほど恥ずかしい思いをしているのに、ときめいたりドキドキしたりしないでほしい！

羞恥《しゅうち》と軽い怒りとで唇をわなわなと震えさせていると、葵が「よく言えたな」と私の頭をくしゃりと撫《な》でた。私はまた口をきけなくなる。

それを見たふたりが小さな歓声を上げる。それから、田所が両手を後頭部に当て、かったるそうにうしろの壁に寄りかかった。

「あーあ、ふたりののろけにあてられたし、やっぱ、オレも彼女ほしいなー」

ぼそっとつぶやいたあと、彼はハッとなにかを思い出したみたいに鈴村のほうを向く。

「――頼みの綱はもう鈴村しかいない！　この間、女の子紹介してくれるって言ったじゃん。あれマジで頼むよ」

「わかった、わかった。……すっかり忘れてて悪かったな。知り合いの子に聞いて連絡するよ」

肩を掴んで揺さぶらんばかりの田所の勢いに気圧《けお》されたらしい鈴村は、田所を宥《なだ》めながら苦笑いを浮かべた。

「鈴村ってまだ彼女作る気ないの？」

そう言えば最近の彼の恋愛事情を聞いていなかったなと思って、私は訊《たず》ねる。

ルックスは整っていると思うし、美容師という職業柄おしゃれに余念がない鈴村は、店に彼目当ての子がやってくる……という話も聞いたことがある。なのに、ここ数年は仕事ひとすじらしいことを言っていた。

「今のところはね。一緒に遊びに行くくらいの仲の子はいるけど、やっぱり自分の店を持つまではちゃんと付き合うみたいなのはやめておこうかと」

「ふうん、そうなんだ」

明るい髪色のせいでちょっと軽そうに見える鈴村だけど、意外と真面目でひたむきなのが彼のいいところだ。

「でも、氷上と熊谷のこと見てたら、ちょっとうらやましくなってきたわ」

「言っとくけど、京佳はだめだからな」

「わかってるって！　氷上って、彼女できるとわかりやすく嫉妬《しっと》するタイプなんだな……知らなかったよ」

すかさず釘を刺してくる葵に、鈴村はおかしそうに噴き出した。

「もう……どうリアクションしていいかわからないよっ……」

鈴村をも牽制《けんせい》するとは、さすが葵だ。スマホの待ち受けの件から妙に心配性だと思っていたけど、ここまでとは……

私は照れたり、慌てたり、笑ったり——と感情のジェットコースターに翻弄《ほんろう》されながら、気の置けない四人で過ごす夜を楽しんだのだった。

◆　◇　◆

「葵がみんなの前でのろけるタイプとは思わなかったなぁ」

帰り道、二週間前とは違い堂々とふたりで帰宅することができた私たちは、帰りの電車に揺られていた。

乗客はまばらで、すんなりと座席をキープできたのがよかった。となりに座る葵をからかうと、彼は「そう？」と首を傾《かし》げる。

「だって俺が見てない隙に京佳のこと、取られたらいやだから」

「そんなわけないじゃん」

「あるかもしれないだろ。現に田所は、京佳のこと好きになってたし」

「……確かに」

平和に解決したために、すでに実例があったことが頭からすっぽり抜けていた。

田所のことは置いておくにしても、鈴村とは本当に同性の友達に近い感覚で接しているから、葵が想像していることは起こり得ないと断言できる。

それに――

「心配しなくたって、浮気なんてしないよ？」

少し気を揉《も》んでいそうな葵に、私は明るく笑いかける。

「私だってずっと葵のことばっかり見てたんだから……せっかく彼女になれたのに、ほかの人に惹《ひ》かれるわけない。だから……安心して」

言葉にしているうちにまた恥ずかしくなって、俯《うつむ》く。自分の気持ちを素直に言うのは、まだやっぱり難しい。

「……ん、そうだな」

そんな私の様子を見て、葵がホッとした様子で優しく笑った。

「明日はお互い休みだし、帰ったら途中になってるドラマ全部見ちゃおう」

「うんっ」

葵とは相変わらず共有できるものがたくさんある。

今は、海外の人気ミステリー作品を映像化したものを視聴しているけど、そろそろクライマックスに突入するところで、「ここから先は細切れじゃなくて一気に見ようね」と誓い合っていたのだ。

私は満面の笑みでうなずく。

彼と過ごす幸福な週末は、まだ始まったばかりだ。

この作品に対する皆様のご意見・ご感想をお待ちしております。

おハガキ・お手紙は以下の宛先にお送りください。

【宛先】

〒150-6019 東京都渋谷区恵比寿 4-20-3 恵比寿ｶﾞｰﾃﾞﾝﾌﾟﾚｲｽﾀﾜｰ 19F
（株）アルファポリス　書籍感想係

メールフォームでのご意見・ご感想は右のＱＲコードから、
あるいは以下のワードで検索をかけてください。

アルファポリス　書籍の感想　検索

ご感想はこちらから

極上《ごくじょう》パイロットに甘《あま》く身体《からだ》を搦《から》めとられそうです

小日向江麻（こひなた　えま）

2025年 3月 25日初版発行

編集－黒倉あゆ子
編集長－倉持真理
発行者－梶本雄介
発行所－株式会社アルファポリス
〒150-6019 東京都渋谷区恵比寿4-20-3 恵比寿ｶﾞｰﾃﾞﾝﾌﾟﾚｲｽﾀﾜｰ19F
TEL 03-6277-1601（営業） 03-6277-1602（編集）
URL https://www.alphapolis.co.jp/
発売元－株式会社星雲社（共同出版社・流通責任出版社）
〒112-0005 東京都文京区水道1-3-30
TEL 03-3868-3275
装丁イラスト－小島きいち
装丁デザイン－AFTERGLOW
（レーベルフォーマットデザイン－hive&co.,ltd.）
印刷－中央精版印刷株式会社

価格はカバーに表示されてあります。

落丁乱丁の場合はアルファポリスまでご連絡ください。

送料は小社負担でお取り替えします。


ISBN978-4-434-35464-9 C0093